Wildwuchs

WERNER R.C. HEINECKE

WILDWUCHS

Kriminalroman

Verlag: BoD • Books on Demand GmbH, In de Tarpen 42,
22848 Norderstedt
Druck: Libri Plureos GmbH, Friedensallee 273,
22763 Hamburg
ISBN: 978-3-7597-8606-7

Übersicht der Charaktere

Stefanie Wolter	-Polizeipsychologin
Martin Hellweg	-Psychopath
David Hellweg	-Privatier
Tomke Schmidt	-Hauptkommissar K3
Thomas Berger	-Profiler
Florian Weise	-LKA K62
Stefan Reuter	-Oberstaatsanwalt
Jessica Bauer	-Sekretärin
Daniel Bauer	-Arzt
Timo Baumann	-Reeder
Melanie Baumann	-Reeder-Schwester
Ben Irmler	-Rechtsmediziner
Heike Best	-Oberkommissarin
Sven Lohner	-Privatdetektiv
Julia Schönherr	-Gefängnisinsassin
Amelie Jürgens	-Prostituierte
Erika Bruns	-Prostituierte

Natalie Schwarz	-Prostituierte
Erwin Junghans	-Lehrer
Silke Beier	-Pflegerin
Ingrid	-Hostess
Krümel / Hotte	-Junge
Hotte	-Pseudonym
Horst Bertram	-Busfahrer
Monika Bertram	-Jugendamt
Michael Wolter	-Strafverteidiger
Peter Graf	-Bauunternehmer
Axel Claus	-Handwerker
Jürgen Buhl	-Sachbearbeiter HBA
Gabriel Hörmann	-Rentner
Juan Esteban Garcia	-Kolumbianer
Rolf Steinbach	-Journalist

Menschen, die Schlechtes tun, zerstören sich selbst

Prolog

Unvergessen bleiben mir die 80er Jahre in Erinnerung. Sie waren nicht nur in Bremen ein bewegtes Jahrzehnt, das Spuren hinterlassen hat. Es war neben guten Zeiten das Jahrzehnt der Skandale. Als „Schwarzer Freitag" geht der 6. Mai 1980 in die Bremer Geschichte ein. Die Vereidigung von 1200 Rekruten im Weserstadion lockte aus ganz Deutschland Menschen an. Der Osterdeich wurde in ein Schlachtfeld verwandelt. Vermummte Demonstranten buddelten Pflastersteine vor dem Weserstadion aus, warfen Molotow-Cocktails. Polizeieinsätze eskalierten. Autos wurden demoliert, einige in Brand gesetzt. Die Randalierer verletzten 300 Polizisten und Soldaten. Ein brennendes Geschoss traf einen Polizisten. Der „antimilitärische Widerstand" erreichte in Bremen seinen Höhepunkt. Bremen, als „linke Hochburg" verschrien, leidet viele Jahre darunter.

Mitte März 1981 trat die Weser über das Ufer. Der Werdersee mit seiner Umgebung war ein Hochwassergebiet. Parzellenhäuser wurden mitgerissen, eine Straße fortgerissen.

Bremen hatte die Werftenkrise. Auslöser war die erste Ölkrise. Seit den 70er Jahren sank die Belegschaft von 5500 auf 2200. Zum Slogan wurde „USE AKSCHEN". Am 31. Dezember 1983 ist Schluss. Nach 140 Jahren.

Der „NEUE HEIMAT-Skandal" beschäftigte die
Bremer im Jahr 1982. Das gewerkschaftseigene
Unternehmen wurde von Vorstandmitgliedern
hintergangen. Mieter sollen betrogen worden sein,
über Tarnfirmen wurden überteuerte Bau- und
Handwerkeraufträge vergeben.

Der Roland wurde restauriert. Im Kino lief BOND
007, IM ANGESICHT DES TODES.
Pferdekutschen transportierten HAAKE BECK Bier.
Der SV WERDER stieg empor. Die „Otto-Zeiten".
Bruce Springsteen, „The Boss" und Tina Turner
traten im Weserstadion auf.

Im August 1988 halten zwei Bankräuber auf ihrer
Flucht Bremen in Atem. Sie kaperten im Ortsteil
Huckelriede einen Linienbus und nahmen 35
Geiseln. Eine Geisel wird erschossen. Polizei- und
Ermittlungsbehörden wurden Fehler vorgeworfen.
Der Innensenator trat zurück. Das Geiseldrama
wurde einige Tage später von Polizeikräften mit
einem heftigen Schusswechsel beendet. Eine Geisel
wird dabei tödlich verletzt.

Im Stadtviertel Ostertor entstand eine Drogenszene.
Dealer verkauften den Stoff an Bremer Junkies.
Fast jeden vierten Tag gab es einen Toten.

Ein ganz besonderes Erlebnis war in Bremen für
Wirtschaftsführer, Politiker, Behördenmitarbeiter,
Baulöwen und Handwerksmeister ein Besuch im
geheimen Etablissement in der Schwachhauser
Heerstraße. In Anwesenheit netter „Hostessen", mit

Musik untermalte, angenehmer Atmosphäre, wurden hier Geschäfte u.a. verhandelt. Eine der Hostessen war Ingrid. Sie war nicht nur hübsch, sondern in hohem Maße sehr intelligent. Konnte sich vorstellen, was dort im Geheimen ablief und vor allem, wie man aus dem geheimen Wissen Profit ziehen konnte. Sie wurde Mutter. Der Sohn lernte seinen „Vater" nicht kennen. Oder doch? War er einer der zahlreichen „Besucher" in der Wohnung, währenddessen er sich „unsichtbar" machen musste? Er wuchs als Kind Ende der 80er auf. Bekam schnell den Kosenamen „Krümel", also genannt wie ein kleines, abgebrochenes Stückchen vom Kuchen. Der Kuchen war groß genug, um ihn in der illustren Gesellschaft, in der seine Mutter verkehrte und ihre Dienste anbot, verteilen zu können.

Der Junge war fünf Jahre, als es am 8. August 1992 passierte. Ingrid kehrte zurück von dem Michael Jackson Live-Konzert im Weserstadion. Eine der Stationen auf der MJ Dangerous World Tour. Der Junge hört noch heute die Stimmen der Männer, den Schrei seiner Mutter. Sie wurde entführt. Später im Wald von einem Hund eines Jägers aufgespürt. Ein junges Leben war brutal ausgelöscht worden. Aus „Krümel" wurde „Hotte". So angesprochen im Heim, in der der Schule, auf der Lehrstelle, bei der Bundeswehr, im Berufsleben.

Ich bin Stefanie Wolter, Polizeipsychologin. Beschäftigt mit einem mysteriösen Kriminalfall, der mich vor eine große Herausforderung stellen wird.

Im Jahr 2024

1

Bremen

Es war Frühling. Der Staub lag auf den zarten Zweigen der Sträucher. Die kühle Luft vertrieb die wenigen Sonnenstrahlen. Der Moment der Angst schien vergessen. Es war ein Fehler gewesen, mich erst jetzt meinem Gewissen zu stellen.

Die Gedanken aus einer vergangenen Zeit überschlugen sich. Der Weg war beschwerlich. Die innere Stimme rief nach Ordnung und lachte bei dem Vorhaben, zur Ruhe zu gelangen. Der Gesang meiner inneren Stimme klang, als würde ein Kind laut singen. Die Luft zum Atmen wurde weniger. „Halt, du Atem des Todes. Ich bin noch nicht bereit."

In der Kirche angekommen, verlangte ich den Pfarrer zu sprechen, war bereit zum Beichten. Dem Seelsorger reichte ich mein Handgelenk und setzte mich auf das karge, harte, dunkle Brett im Beichtstuhl. Ich vernahm das Knacken an der Tür

auf der anderen Seite. Meine Kehle war wie
zugeschnürt. Das Sprechen eines jeden Wortes fiel
schwer. Jedes Wort tat weh. Ich sah dabei die
Schatten des Todes, die ich über einige Menschen
gebracht hatte.
Wird Gott mir vergeben? Soll ich ihn um die
ersehnte, köstliche, ewige dunkle Ruhe bitten?

Ich schloss meine Augen. Das Gesicht der jungen
Frau schaute mich unaufhörlich an. Eigentlich
wollte ich ausschlafen, dann nur spazieren gehen.
Ich wollte nicht die Hände um den Hals der Frau
legen. Ich wollte das beginnende Schwindelgefühl
unterbrechen, den Duft der langen blonden Haare
genießen. Etwas Wärme spüren.
Und dann wurde ich dieses Schicksal nicht mehr
los. Forderte es bei anderen Frauen heraus.
Es war wie ein Sog, ein Strudel, der in den Abgrund
reißt, in das Verderben. Es war berauschend, die
Macht zu spüren, den letzten Atem, der ein Leben
zum Tod bringt.

„Was hast du mir zu sagen, mein Sohn?"
„Herr Pfarrer, ich habe gesündigt."
„Rede dir alles von der Seele. Der Herr vergibt dir.
Wir alle sind Sünder. Gott vergibt dir deine Schuld.
Du musst aufrecht sein. Zur Wahrheit stehen."

Ich fingerte aus meiner Hosentasche ein weißes
Taschentuch. Schnaubte hinein. Dann begann ich
langsam zu erzählen.
„Herr Pfarrer, mein Leben wäre anders verlaufen,

wenn.........."

„Ja, wenn? Was ist passiert, erzähle doch weiter.
Ich höre zu, versprochen und jedes Wort bleibt
unter uns."

Der Pfarrer vernahm kein Wort mehr.

„Hallo. Was ist? Hast du Angst, mein Sohn? Willst
du ein Glas Wasser trinken? Soll ich einen Arzt
rufen? Sage doch etwas. Warum sprichst du denn
nicht weiter?"

Ich wurde wach. Spürte, dass der Privatdetektiv
Sven Lohner mich in den Arm nimmt.

„Du hast geträumt, Schatz!"

„Ja, es war furchtbar. Ich träumte von Martin
Hellweg!"

„Hallo, Frau Polizeipsychologin. Es sind zwei Jahre
vergangen. Verfolgt er dich immer noch? Nicht nur
in deinen Gedanken, jetzt auch in deinen
Träumen?"

„Martin Hellweg ist wegen Unzurechnungsfähigkeit
nicht strafrechtlich verurteilt worden. Er lebt in
einem besonders geschützten Rahmen in der
forensischen Psychiatrie im Klinikum Bremen-Ost."

„Er ist krank, die oft zitierte Opfer-Täter-Rolle. Aber
er ist ein mehrfacher Mörder, hat brutale Morde
begangen, ist als das Moor-Mörder-Phantom in die
Bremer Kriminalgeschichte eingegangen."

„Martin Hellweg wurde in einem, von einer
Psychiaterin herbeigeführten Medikamentenrausch,
mit dem vernommenen „Moorgeflüster", zu seinen
Taten angetrieben. Jeder Gedanke, hat also eine
Ursache. Der Gedanke an das Erlebte, ist der

Antrieb für das, was folgt. Oft sind es
Erinnerungen, die einen Menschen zu einem bösen
Menschen machen."

Stefanie Wolter ist hin- und hergerissen.
Gefordert in einem neuen Fall, für sie noch
mysteriöser, als alle bisher erlebten. Die von
Beamten aus Bremen und Niedersachsen gebildete
Soko WALD jagt einen Serienmörder. Sie ist als
Polizeipsychologin eingebunden.
„Die schicksalhafte Bestimmung des Täters muss
herausgefunden warden. Alles im Leben hat einen
Ursprung!"

Stefanie Wolter stellte sich die Frage, was sie aus
ihrem letzten Traum lesen könnte.
„Sven, man träumt nie ohne Grund", hat ein
Psychologe einmal zu mir gesagt. Ich muss zu ihm.
Ja, ich muss Martin Hellweg befragen und muss
dazu lernen."

In der kommenden Nacht brachte mir mein Traum
kein Erschrecken. Ich lag nur da, starrte mit
offenen Augen auf das Mondlicht, das hell ins
Fenster fiel.
Meine nächtliche Traumwanderung blieb in der
Vorstellung lebendig.
Ich versuchte zu verstehen, warum die leblosen
Frauenkörper in das Gestrüpp vom Unterholz des
Waldes gelegt wurden. In einem Sumpfgebiet. Ein
Zeichen?
Ich konfrontierte meinen Freund mit meiner
Annahme.
„Sven, Wildwuchs bezeichnet ein unmäßiges
Wachstum in der Natur. Aber auch zu deuten für
Taten ohne regulierende Eingriffe als ungerecht

empfundene Gesetze, wirre Gedanken. Es gibt sie,
die Gesezte des Dschungels. Ich stelle mir vor, dass
sich der Täter auf einer Mission der Reinigung
befindet. Der Sittenverfall, der wachsende
Größenwahn im Kapitalismus und die zunehmende
Gewaltbereitschaft unter den Menschen nehmen
zu. Er befindet sich in einer Konfliktsituation."

Sven Lohner dachte einige Momente nach. Dann
sagte mein Freund: „Es ist wichtig, dass du diesen
Ansatz deinen Kollegen vorstellst. Der Täter hat in
seinem Leben mit bestimmten Ereignissen
konfrontiert werden müssen, die er nicht
verarbeitet hat. Traumata verfestigen sich zu
diesem Szenario."

Zur selben Zeit

Syke

Amelie Jürgens spürte etwas Leben in ihr. Sie sah,
wie der ihr unbekannte Mann eine Spritze aufzog.
Er trug blaue Schutzkleidung. Sein Gesicht wurde
von einer Gasmaske verdeckt.
„Warum bin ich hier?"
Sie erhoffte, auf ihre gequält gesprochene Frage
eine Antwort zu bekommen. Der Mann zögerte
nicht: „Du hast für einen Drogenhändler und
Zuhälter gearbeitet."
„Nicht nur ich."

„Ich weiß."
„Hast du Erika getötet, Erika Bruns?"

Der Mann näherte sich der Pritsche, auf der die
Frau lag, prüfte die Festigkeit der Fesselung.
Ohne die Spritze zu benutzen und eine Antwort zu
geben, verließ der Mann den Raum, ein karges,
weiß gefliestes, kalt wirkendes Zimmer.
Er ging einige Schritte, nahm die Gasmaske vom
Gesicht und öffnete eine Tür, die wie auch weitere
Türen mit Eingabe eines Codes auf einer Tastatur
zu öffnen sind.

Der Mann setzte sich an den ganz aus Glas
hergestellten Schreibtisch. Genüsslich schaute er
auf eine aus vielen Fotos bestehende Fotowand.
Farbfotos, aber auch Zeitungsausschnitte waren
mit Vermerken aneinandergereiht.
Er schenkte sich ein Glas Rotwein ein. Zündete
eine Zigarre an. Sein Telefon klingelte. Er schaute
ein wenig verwundert auf die Uhr und nahm den
Anruf nicht an.

Amelie Jürgens Gedanken purzelten, sie empfand
ihren Zustand zweifellos lebensbedrohlich.
Welchem Psychopathen ist sie in die Hände geraten
und wie geschah es? Durch K.-o.-Tropfen?
Sie versuchte, sich an die Ereignisse zu erinnern.
Es fehlten Raum und Zeit. Ihr Gehirn war wie leer.
Sie sieht die aufgezogene Spritze.

„Was treibst du Arsch für ein Psychospiel?"

Ihre Schreie nach Hilfe prallen wie Wortfetzen von der Fliesenwand ab. Sie sieht ständig vor Augen die Gasmaske. Der einzige Hinweis auf den Mann ist seine Stimme. Sie fragt sich, ob sie die schon einmal vorher vernommen hatte. „Bist du ein Freier von mir? War ich nicht gut genug? Was habe ich dir getan?"
Ihre Gedanken schweifen ab zu Erika Bruns.
„Scheiße!" Die beiden Frauen wollten aussteigen.
„Ihr" Ding machen. Noch mehr Kohle ziehen, bei den reichen Säcken. Die zwar Geld auf dem Konto haben, aber eher wenig in der Hose. „Ist es das? Konntest du nicht, du Arsch? Bekamst deinen „Kleinen Jungen" nicht hoch?"

Genüsslich zeichnete währenddessen der Mann ein großes **X** auf das Foto an der Bilderwand. Es zeigte Erika Bruns neben Amelie Jürgens und Natalie Schwarz. Darunter platziert, hatte er auch das Foto von Monika Bertram mit einem **X** versehen. Monika Bertram war die für ihn zuständige Kraft beim Jugendamt. Er war sich sicher, alles in seinem Leben hätte einen anderen Verlauf genommen, wenn, ja, wenn diese Frau, wenn Monika Bertram damals anders gehandelt hätte.

Am nächsten Tag

Polizeipräsidium Bremen

„**J**a, unser Job ist nun einmal die Chemie des Todes. Der menschliche Körper beginnt schon kurz nach dem Tode zu verwesen. Es ist ein Automatismus. Er beginnt, sich selbst zu verdauen. Alle Organismen bedienen sich an diesem Festschmaus. Zuerst die Bakterien. Die Muskeln verfallen. Der Körper der Frau wies eine lange Madenspur auf. Der starke Insektenbefall, die Temperatur, der trockene Boden, wenig Regen und der besondere Verwesungszustand. Denke, die Tatzeit kann eingegrenzt werden."
„Hat sie lange gelitten?"
„Es ist wie bei einer Uhr. Die Zeit läuft, irgendwann ist die Batterie leer. Bevor du die Erde verlässt, verliert das Gehirn die Gedanken. Ja, sehr qualvoll. Begleitet von Angstzuständen und Wahnvorstellungen."

Der Rechtsmediziner Ben Irmler sprach wie immer Klartext in Mischung mit gesundem Sarkasmus. Das Protokoll zu lesen, verlangte den Beamten schon viel ab.
„Die Überprüfung der Insekten ergab einen Madenbefall. Einige waren in der Farbe blass, andere hatten eine dunkle Farbe. Sie standen kurz vor der Verpuppung. Also 7 bis 8 Tage. Es gab Käfer. Und Fliegen. Schmeißfliegen. Die Wunden an dem Körper sind nach ihrem Tode entstanden. Beiß-, auch Risswunden. Wahrscheinlich durch wildernde Tiere. Fliegen leben in der Regel 14 Tage.

Das zur zeitlichen Eingrenzung der Leichenablage."
„Also liegt die Todeszeit zwischen ein und zwei
Wochen. Es gibt also eine Übereinstimmung mit
unseren Annahmen aufgrund der Fakten. Den
Fotos."
„Der Fundort der Leiche, war nicht der Tatort. Sie
wurde abgelegt. Spuren an der Kleidung lassen auf
eine kurzfristige Verweildauer auf einer Steinfläche
schließen. Vermutlich in einem Kellerraum. Die
Todesursache war Herzstillstand. Auszugehen ist
von einem Erstickungstod."
„Bei der Frau wurden keine Papiere, kein Handy
gefunden. Nichts, was auf ihre Identität schließen
lässt. Allerdings ergab die DNA-Probe einen Treffer
in der Datenbank. Sie wurde aktenkundig durch
eine Anzeige. Ein Freier hatte einen Diebstahl
gemeldet. Die Frau ist als Prostituierte registriert.
Erika Bruns, 24 Jahre alt. Wohnhaft in Syke bei
Bremen."

Hauptkommissar Tomke Schmidt vom K3 schaltet
sich ein. „Wir haben es mit einem Tötungsdelikt an
einer Prostituierten zu tun. Der Sachverhalt zeigt
einige Übereinstimmungen zum Tötungsdelikt von
Monika Bertram. Der Leichenfund in einem
Waldgebiet, die Todesursache und der
Zusammenhang mit einem möglichen Festhalten,
einer Gefangenschaft in einem Kellerverlies. Und
vor allem der jeweils platzierte weiße Würfel."
„Herr Oberstaatsanwalt, ein weiterer Fall für die
Soko WALD?"
Stefan Reuter bejaht. „An die Presse vorerst nichts!"

Nutzen Sie die nächsten 2-3 Tage. Wir brauchen ein Ergebnis und keine Beunruhigung in der Bevölkerung."

Ich vernahm die Stellungnahme des Profilers und meldete mich zu Wort.

„Als Polizeipsychologin arbeite ich als eine von Spezialisten eng mit dem Profiler Thomas Berger zusammen. Erfolgreich, bereits im Fall der Soko MOOR vor zwei Jahren."

„Bitte, Frau Wolter, wie ist ihre erste Einschätzung?"

„Ich denke, die Annahme eines Serientäters ist zutreffend. Bedauerlicherweise. Das vom Kollegen Berger beschriebene Täterprofil passt zu einem Mann. Einem Normalbürger, der unauffällig, eher zurückgezogen lebt. Die spätere Ablage der Leichen in einem schwer zugänglichen Sumpf- und Teichgebiet in einer Waldlandschaft ist eine gewählte Inszenierung. Insbesondere der Fundort inmitten von Gestrüpp, dem Wildwuchs in der Natur, ist bezeichnend. Wildwuchs drückt auswucherndes Wachstum aus. Ich sehe den Mann auf einer „Reinigungstour". Er ist ein Psychopath, der den Wahn hat, seine Mitmenschen von „Wildwuchs" zu befreien. Für die Opfer, vielleicht sogar für die Hinterbliebenen, sieht er darin eine Erlösung."

Ein Raunen erfüllte den Raum. Ich bezog mich zu den speziellen Fällen der Inszenierung mit den Zahlen der Würfel 1 und 2. „Er sucht Personen ganz bewusst aus. Tritt in das Leben der Personen ein, gewinnt ihr Vertrauen. Es geht dem Täter um Machtausübung. Er fühlt sich, warum auch immer, erniedrigt. Berauscht sich an dem fortwährenden und zunehmenden Zustand des Leidens seines Opfers. Der Ablageort, ein Wald, ist bewusst gewählt. Dort leben Tiere. Er sieht Prostituierte als freies Wild. Stellt sie mit Tieren auf eine Ebene. Die abgelegten Würfel bei den Leichen sollen wir als ein Zeichen sehen. Ein Würfel hat bekanntlich sechs Seiten."

„Starke Analyse, Frau Kollegin. Aber, wenn ihre Annahme vom „Wildwuchs" zutreffend ist, können noch ganz andere Personengruppen im Visier des Täters sein. Aber die Ermordung von Monika Bertram? Die Frau arbeitete beim Jugendamt."
„Der Bezug kann mit der früheren Jugendgeschichte des Täters in Zusammenhang stehen. Unter Umständen hat er Erfahrung mit dem Jugendamt gemacht und wenn, dann sicherlich keine guten."

Der Polizeichef gab bekannt, dass der LKA-Beamte Florian Weise die Soko unterstützt und eingebunden wird. „Na, dann, auf ein Neues. Hoffentlich wieder so erfolgreich, wie damals!"

Ich vernahm, wie die Aufteilung der Ermittlungsarbeit beschlossen wurde. Tomke Schmidt gab dazu präzise Anweisungen. Hauptermittlung vorerst das persönliche private

Umfeld der getöteten Prostituierten, inklusive ihrer Kunden und deren Umfeld. Darüber hinaus Begehung der Wohnungen der Opfer. Einschaltung der KTU. Die gleiche Vorgehensweise in Sachen Monika Bertram. Alles war nun wichtig. Das kleinste Stück Papier im Mülleimer, jedes Foto. Der Laptop. Das zufällige Auffinden eines Tagebuchs. Und natürlich die Gespräche mit den „Kolleginnen" und „mutmaßlichen Beschützern", die sich selbst wohl als Berater und Buchhalter für die Damen in dem Gewerbe verstehen. „Heike, du nimmst dir die Akte vor über den Mann, der damals die Diebstahlanzeige aufgegeben hat."

„Klar, Chef. Guter Ansatz. Ich werde Erwin Junghans zu dem Vorgang befragen."

Stefanie Wolter versuchte, sich in die Lage des Täters hineinzuversetzen. Sie war bekannt für ihren eigenwilligen Arbeitsstil, bei dem sie auch Gefahren ausgesetzt war.

2

Syke

Heike Best trommelt mit den Fingern über das Lenkrad. Ihre Migräne war heute unerträglich. Beim Geräusch vom Zuschlagen der Autotür wurde ihr kurz schwarz vor den Augen. Sie ist gespannt, was Erwin Junghans zu sagen hat. Sie hält es für fragwürdig, dass ein Lehrer in einem Rotlichtmilieu verkehrt. Der Mann ist nicht vorbestraft, lehrt an der Europa-Schule, Berufszentrum Utbremen in der Meta-Sattler-Straße. Dort ist er erst seit Kurzem tätig.

Sie unternahm ein zweimaliges Klingeln und wartete auf eine Antwort, lauschte an der angebrachten Sprechanlage am Tor. Hörte ein „Ja, bitte?"
„Herr Junghans, guten Morgen. Heike Best, Kripo Bremen. Haben Sie Zeit für ein paar Fragen?"
„Ja, wenn es nicht lange dauert, ich muss in 20 Minuten zur Arbeit."
„Dauert nicht lange, danke."
„Ich öffne das Tor, komme ihnen entgegen."

„Kripo, das ist ja ein ungewöhnlicher Besuch heute Morgen."
„Ich will gleich zur Sache kommen. Es geht um Erika Bruns. Der Name sagt ihnen etwas?"
„Schon, das vergesse ich nicht. Ja, ich musste sie anzeigen. Leider ein bedauerlicher Irrtum."
„Eine Diebstahlanzeige, was aber hat sie bewogen, die Anzeige zurückzuziehen?"

„Verstehe nicht, was hat die Kripo damit zu tun?"
„Frau Bruns wurde Opfer eines
Gewaltverbrechens."
„Oh, das tut mir leid. Das ist ja furchtbar, was ist
passiert?"
„Darüber kann ich keine Auskunft geben. Wir
ermitteln in allen Richtungen. Sie war eine
Prostituierte. Wie war ihre Beziehung zu der Frau?"
„Beziehung? Ich war einmal dort. Mir fehlte dann
Geld in der Brieftasche. Hatte es aber später
wiedergefunden. Die Anzeige tut mir leid. Habe sie
gleich wieder zurückgezogen."

Erwin Junghans schaute auf die Uhr. „Zwei Fragen
noch, dann war es das, Herr Junghans. Sie
unterrichten was?"
„Ich bereite die jungen Leute auf die staatliche
Prüfung zum Chemie-Techniker und der Chemie-
Technikerin vor. Eine mehrjährige Ausbildung in
Teilzeit, Tages- und Abendkurse."
„Interessantes Thema. Sie leben allein?"
„Meine Freundin lebt in Braunschweig. Wir führen
eine Wochenendbeziehung, leider, aber durch
meinen berufsbedingten Wohnortwechsel nicht zu
ändern. Vorerst jedenfalls nicht. Wenn Silke Beier,
also meine Freundin, einen Job in Bremen
bekommt, ziehen wir wieder zusammen."
„Da wünsche ich ihnen viel Glück bei."
„Danke, Glück braucht man im Leben! Ihnen viel
Glück bei den Ermittlungen. Finden Sie das
Schwein, das der Frau das angetan hat."
„Ein schönes Haus bewohnen sie."

„Ja, Glück gehabt. Wollte unbedingt auf einem
Resthof leben. Meine Freundin reitet. Hier ist alles
vorhanden, auch die Stallung für das Pferd.
Übrigens, ein netter Vermieter. Ein Pensionär.
Witwer. Das Haus wurde frei, weil er mit seiner
neuen Lebenspartnerin zusammenzog."
„Danke für ihre Offenheit. Falls ihnen noch etwas
einfällt, hier meine Karte."

Heike Best fuhr schnell zu ihrer Wohnung, kramte
im Medizinschränkchen herum, um das
Migränemittel zu finden.
Ein Mittel gegen die Übelkeit nahm sie zusätzlich
ein.
Ihr Schrei hallte von den Kachelwänden im Bad
zurück, die Gedanken zerrten an ihrem Verstand.
Den Anruf von ihrem Chef drückte sie weg. Sie
blieb für den Rest des Tages unerreichbar.

Langsam schöpfte sie wieder Atem, drehte sich auf
dem Sofa liegend um, der Schmerz ließ nach und
ihre Augen konnte sie nun etwas länger aufhalten.
Sie dachte darüber nach, was Männer für
Fähigkeiten brauchen, um Einfluss auf Frauen zu
gewinnen.
Quälende Gedanken nahmen Besitz von ihr.

Zur selben Zeit

Hauptkommissar Tomke Schmidt entfernte das
Siegel von der Tür, öffnete sie und betrat die
Wohnung von Erika Bruns. Er versah seine Hände
und Füße mit Schutzfolienüberzügen. Ging von
Raum zu Raum. Im Wohnzimmer erblickte er eine
Fotogalerie. Sah eine wunderschöne junge Frau, die
vielfältige Hobbys hatte. Sie war zu sehen beim
Surfen, beim Reiten, beim Bogenschießen. Ein Foto
zeigte sie mit einem Mann. Es war ein älterer Herr,
Anfang sechzig. Nach dem Aussehen tippte der
Kommissar dabei auf ihren Vater.

Die Wohnung war gemütlich eingerichtet. Nichts
deutete auf den Job der Frau hin. Er schätzte einen
hohen Lebensstandard ein. Nicht zuletzt durch den
umfangreich ausgestatteten Kleiderschrank zu
erkennen. Eine Mischung aus sportlichem Flair
und Eleganz. „Wo hast du verkehrt? Wer waren
deine Freier?" Ein Laptop wurde nicht gefunden. In
der Küche standen auf einer an der Wand
angebrachten steinernen, ovalen Tischablage zwei
Gläser und eine Flasche Rotwein. Daneben eine
weiße Kerze, die angezündet worden sein musste.
„War das dein letztes Date? Mit wem? Zu wem
hattest du ein so großes Vertrauen? Wurde das zu
deinem Verhängnis."

Die Gedankengänge von Tomke Schmidt nahmen
zu. „Was ist, wenn du dein Leben ändern wolltest,
wegen einer großen Liebe aussteigen wolltest? Wem
könnte das missfallen? Wer hat dadurch einen
Schaden? Gibt es einen Zuhälter?"

Bevor Tomke Schmidt die Wohnung verließ, machte
er einige Schnappschüsse von Fotos auf seinem
Handy. Dabei zwei Bilder von jungen Frauen.
Freundinnen der Getöteten? Vielleicht auch
Verwandtschaft? Er erneuerte das Siegel und ging
nachdenklich die Treppe hinunter, bestieg sein
Auto und fuhr zu der Wohnung von Heike Best.

„Ich machte mir Sorgen, Heike."
„Sei ehrlich, du möchtest das Ergebnis der
Befragung von Erwin Junghans."
„Und wenn es so ist?" Heike Best schildert erst
ihren Migräneanfall, dann gibt sie Auskunft über
den Lehrer.

„Der Mann ist Lehrer, sehr freundlich,
aufgeschlossen. Gab zu, einmal Erika Bruns
getroffen zu haben. Gibt zu, dass es ein reines
„sexuelles Abenteuer" war, auf Bezahlung
ausgerichtet. Er ist ledig, lebt auf einem Resthof,
Niedersachsenhaus-Stil, in einer Fernbeziehung mit
einer gewissen Silke Beier, von Beruf Altenpflegerin.
Zog vor einigen Monaten von Braunschweig nach
Syke. Die Freundin wohnt noch dort und plant
auch umzuziehen, wenn der Jobwechsel geklärt ist.
Als Pflegerin sicherlich kein Problem, der Beruf ist
überall gefragt."
„Okay, dann passt der Mann nicht in das Profil."

Tomke Schmidt schaute die Kollegin an.
„Geht es dir wieder besser?"
„Migräne ist wie ein Terrorist. Er arbeitet geheim in

deinem Kopf. Echt Scheiße, ich muss damit leben.
Darf ich dir etwas anbieten?"
„Ein kühles Bier, bitte ohne Glas."

Etwas später

Schon während der Fahrt zum Präsidium
telefonierte Tomke Schmidt. Schickte die Fotos von
den jungen Frauen, die er in der Wohnung von
Erika Bruns entdeckte. Er wusste genau, es kommt
nicht nur auf jede Stunde an, eher auf jede Minute.
Jedes Detail war nun wichtig, konnte eine
Bedeutung haben, um den Täter auf die Spur zu
kommen.

Die Auskunft kam schnell. Amelie Jürgens und
Natalie Schwarz. Eine Auskunft bei anschließender
Befragung von „Kolleginnen" Erika Bruns erbrachte
Aufschluss. Die drei Frauen waren im Milieu nicht
gerade sehr beliebt. Erika Bruns, wie auch Amelie
Jürgens und Natalie Schwarz galten in der Branche
als Außenseiter. Ihnen wird nachgesagt, die obere
Klientel zu bedienen. Das zeigte sich am Verdienst.
300 Euro aufwärts waren die gut betuchten
Männer aus Politik und Wirtschaft bereit zu zahlen.
Oftmals nur für eine Stunde. Eine weitere
interessante Aussage galt der Person ihres
vermeintlichen Zuhälters. Es soll eine

Auseinandersetzung gegeben haben. Ein handfester
Streit. Das ergab ein Hinweis der Polizei. Der
„Beschützer" soll in einen Drogenfall verwickelt
sein. Wurde observiert. Es ging in der Szene das
Gerücht umher, dass die drei Frauen auf eigene
Rechnung arbeiten wollten. „LOVE COMPANY". Ein
Escort-Dienst ganz besonderer Art. Da sind dann
pro Tag 1.000 Euro im Gespräch. Stammen die
Hämatome am Körper von Erika Bruns von Tobias
Reuter? Für Florian Weise vom LKA hat Tobias
Reuter ein stichhaltiges Motiv. Er kann sich den
Mann durchaus als Täter vorstellen. Seine Akte war
lang: Diebstahldelikte, Körperverletzung,
Drogenmissbrauch. Er betrieb zeitweise ein
Wettbüro. Ist er ein Teil von organisierter
Bandenkriminalität?

Tobias Reuter wurde in seiner Wohnung nicht
angetroffen. Es steht ein Anfangsverdacht im
Raum. Er wurde zur Fahndung ausgeschrieben.
Die Überprüfung von Amelie Jürgens und Natalie
Schwarz ergab eine Überraschung. Sie buchten
einen Flug nach Davos. Zum 54. World Economic
Forum finden dort weitere viele informelle Treffen
statt. Die Escort-Branche hat Hochkonjunktur. Die
Escorts sind vollkommen ausgebucht. Vom 15. bis
19. Januar, davor und auch danach.

Vor einigen Tagen

3

Bremen, Polizeirevier Innenstadt

Die Außenstelle des Polizeikommissariats am Wall, direkt gelegen am Hauptbahnhof, hat eine Besonderheit: hier können Anzeigen aufgenommen werden. Der Hauptbahnhof gilt für die Behörden als Hotspot, einer der Kriminalitätsschwerpunkte Bremens. Die mit vier Cops, zwei Beamte für die Anzeigenaufnahme und zwei Verkehrssachbearbeitern besetzte Wache bekommt Besuch von Horst Bertram. Der Busfahrer bei der BSAG in Bremen. Er will seine Ehefrau als vermisst melden.

Ungeduldig wartete der Mann. Seine Gedanken galten seiner Ehefrau Monika. Als er endlich sein Anliegen vortragen konnte, wurden nach Abarbeitung des Fragenkatalogs die Personalien von Monika Bertram im INPOL, dem Informationssystem der Polizei, erfasst. Monika

Bertram wurde zur Suche ausgeschrieben.
Sämtliche Polizeidienststellen haben auf das
System Zugriff. Das BKA ist involviert, mit dem
System SIRENE ist auch Interpol eingeschaltet. Der
bearbeitende Polizist bat Herrn Bertram noch einen
Moment zu warten. Der Name Bertram tauchte im
System auf. Wurde geführt im Zusammenhang mit
Zeugenbefragung im Mordfall der Prostituierten
Erika Bruns. Der Name des Mannes stand in ihrer
Kundendatei.

Die Befragung von Horst Bertram bewegte sich nun
in eine ganz andere Richtung. Hatte „Kommissar
Zufall" mal wieder bei der Polizeiarbeit geholfen?
Horst Bertram wurde gebeten, zu einer
nochmaligen Zeugenbefragung ins Polizeipräsidium
zu kommen. Er wurde von zwei Polizisten dort
hinbegleitet.

Vollkommen schweißgebadet saß Horst Bertram
auf einem der Stühle in dem kalt wirkenden Flur.
Sah, dass die Polizeibeamten ihn im Blick hatten.
Seine Fragen nahmen zu. Er hatte doch bereits als
Zeuge ausgesagt. Hatte zugegeben, bei Amelie
Jürgens, Erika Bruns und Natalie Schwarz verkehrt
zu haben. Das war aber Jahre her. Die Frauen
wurden für seine Verhältnisse zu teuer. Käufliche
Liebe mit einer Prostituierten der gehobenen Klasse
war für ihn in seiner Gehaltsklasse
unerschwinglich geworden.

Tomke Schmidt stellte sich vor. „Kommissariat K3
Bremen. Mein Name ist Tomke Schmidt.
Kriminalhauptkommissar. Herr Bertram, sie
werden als Zeuge befragt. Ich muss sie auf ihre
Rechte hinweisen. Sie müssen nicht aussagen, was
sie belastet."

„Was soll mich belasten? Ich habe meine Ehefrau
als vermisst gemeldet. Ist das ein Verbrechen?"

„Nein, natürlich nicht. Wir ermitteln in einem
Mordfall. Es geht um Erika Bruns. Dazu wurden sie
ja bereits befragt. Stellt sich doch für uns die Frage,
ob es einen Zusammenhang geben könnte. Hat ihre
Frau von ihren, sagen wir mal so, Abenteuern mit
Prostituierten gewusst? Ihnen vielleicht Vorwürfe
gemacht? Kann es sein, dass es zum Streit
gekommen ist? Dann eskaliert?"

„Und dann habe ich sie umgebracht. Bullshit Herr
Kommissar. Sie reimen sich da etwas zusammen.
So etwas sehe ich im Fernsehen. Tatort. Ich habe
meiner Frau nichts getan. Und wenn sie weitere
Fragen haben, bitte nur im Beisein meines
Anwaltes."

„Das ist ihr gutes Recht, Herr Bertram. Glaube, den
brauchen sie auch. Natürlich gilt die
Unschuldsvermutung. Ich wünsche, es geht gut für
sie aus." Horst Bertram telefonierte. Etwa eine
Stunde später war Michael Wolter im Präsidium
eingetroffen. Für den Hauptkommissar kein
Unbekannter. Gilt als anerkannter Strafverteidiger.
Der Vater einer Kollegin, der Polizeipsychologin
Stefanie Wolter. „Aus einer anfänglichen

Zeugenbefragung ist ein nun Anfangsverdacht begründet. Wir werden Herrn Bertram hierbehalten. Sie kennen das Prozedere, Herr Anwalt. Erkennungsdienstliche Maßnahmen. Wir formulieren die Vorwürfe, sie können dann Akteneinsicht nehmen."

Michael Wolter sprach ganz langsam und verständlich. „Herr Bertram, bewahren sie Ruhe. Kein Grund zur Panik. Sie müssen nicht ihre Unschuld beweisen. Die Polizei muss ihnen die Tat nachweisen. Wenn sie nichts begangen haben, gibt es da auch nichts. Ich übernehme das Mandat." Er legte eine Vollmacht zum Unterschreiben hin, machte einen kräftigen Händedruck und verabschiedete sich.

Für Horst Bertram begann Stunden später eine schlaflose Nacht. Tomke Schmidt beschäftigte sich mit der Person Monika Bertram. Studierte ihre Vita, ist bereit, jeden Stein in ihrem Leben umzudrehen. Ohne eine Tote gibt es kein Verbrechen.

Einige Tage später

Meine Gedankenwelt war in Unruhe. Wir hatten eine tote Prostituierte, eine ermordete Beamtin. Weitere als gefährdet angesehene Prostituierte.

Zwei Tatverdächtige. Einer nicht auffindbar, einer
in Polizeigewahrsam. Das Mysterium, die jeweils
gefundenen Würfel. Ich überlegte. Kam schnell zu
der Erkenntnis über die Bedeutung von Würfeln zu
forschen zu müssen. Fand heraus, ein Würfel
entscheidet über Glück oder Unglück im Spiel und
symbolisch über das Schicksal des Menschen. Und
das schon seit der Antike. Damals glaubte man,
dass die Götter mithilfe der Würfel über das Leben
eines Menschen entscheiden. Macht nun der Täter
dieses Spiel? Spielt er mit uns? Was will er uns
sagen? Ein Würfel hat sechs Seiten. Hat er vor,
sechs Menschen zu töten? Aber warum?

Ich stieg näher in die Mythologie eines Würfels ein.
Der Mensch als moralisches Wesen, gefangen in
Tugenden und Laster. Ein Laster, die Schande.
Eine ausschweifende Lebensweise. Die Tugend, die
Ethik, die erstrebenswerte Charaktereigenschaft.
Für Tugenden und Laster gibt es aber kollektive
Meinungen. Sie sind vom Sozialverhalten,
kultureller Prägung oder auch religiösen Ansichten
beeinflusst. Ich stieß auf die „Psychomachia des
Prudentius" aus dem 5. Jh. Hier wird der Kampf
der Tugend gegen das Laster beschrieben. Glaube,
Keuschheit, Demut, Hoffnung, Vernunft, Geduld,
Mäßigung, Mildtätigkeit und Einigkeit kämpfen mit
Aberglaube, Wollust, Zorn, Stolz, Betrug,
Zügellosigkeit, Habgier und Zwietracht. Die Laster
werden besiegt. Ist es das? Die Tugend Mut besiegt
das Laster Feigheit. Ich nehme einen Würfel zur
Hand. Betrachte ihn ausführlich. Die sechs Seiten

können Laster darstellen. Was könnte passen, um „Wildwuchs" zu beschreiben? Ich entschied mich für die Laster:

-Wollust

-Zügellosigkeit

-Betrug

-Habgier

-Zwietracht

-Stolz

Welches der Laster kommt für die ermordete Prostituierte in Betracht? Wollust zum Beispiel trifft doch eher auf den Freier zu. Er kann solche Frauen bestrafen wollen, weil er sie als Zügellos definiert. Mein Vater berichtete mir von dem übernommenen Mandat von Horst Bertram. Als er vom Tod seiner Frau erfuhr, brach er zusammen. Ich muss nun in eine ganz andere Richtung denken. Welches Laster sieht der Täter bei Frau Bertram. Was drückt der Würfel aus?

Michael Wolter glaubt nicht an einer Täterschaft seines Mandanten. Es gelang ihm nicht, seinen Mandanten freizubekommen. Auch nicht unter Auflagen. Der Richter ordnete Untersuchungshaft an. Horst Bertram steht unter Mordverdacht. Ihm werden die Tötungsdelikte von Erika Bruns und nun auch Monika Bertram vorgeworfen. Ist Horst

Bertram ein Doppelmörder oder sitzt ein unschuldiger Mann in Gewahrsam? Ich muss der Sache auf den Grund gehen.

Davos

Mit über 3000 Teilnehmern ist die Veranstaltung in Davos das Haupttreffen des WORLD ECONOMIC FORUM. Daneben gibt es zahlreiche informelle Treffen in dem Ort mit dem eher dörflich anmutenden Ambiente. Seit Gründung am 24. Januar 1971 findet in diesem Jahr das 54. Annual Meeting statt. Wer mindestens 18.000 Franken auf den Tisch legt, ist dabei. Für das untere Level in der Business High Society versteht sich. Danach gehts zum Einkauf in die Industry Associate. Als „Davos-Man" gehört man zur Elite auf dieser Welt. Ist international vernetzt und aktiv. Industrie- und strategische Partner zahlen bis zu 500.000 Franken. Immerhin geht es darum, Einfluss im Forum zu gewinnen.

Natalie Schwarz und Amelie Jürgens buchten getrennte Flüge nach Zürich. Vom Flughafen Zürich zum Bahnhof Davos-Platz war eine Zugfahrt geplant. Fahrpreis unter 50 EUR für die 120 Kilometer. Natalie Schwarz hatte den Zug allein bestiegen, die mehr als zweistündige Fahrt keine ernsten Gedanken gemacht. Die kamen erst auf, als Amelie Jürgens nicht im Hotel SUNSTAR eintraf. Natalie blieb an der Hotelbar nicht lange allein. Zwei Herren setzten sich zu ihr. Sie telefonierte

mehrmals. Kein Anschluss. Wo ist Amelie? Für ein
Date mit den Herren hatte Natalie keinen Kopf frei.
Sie gab aber einem der Männer ihre Visitenkarte.

Am Abend

Ich musste lange warten auf meinen Freund.
Sven Lohner kam, aber erst sehr spät in der Nacht.
„Sorry, Scheiß Job." Sven Lohner gab mir einen
Kuss und legte sich ganz dicht an mich.
„Was bedrückt dich?"
„Die Vergangenheit holt Timo Baumann ein!"
„Den CEO von Baumann und Wilke? Den Reeder?"
„Er wird erpresst!"
„Hier, lese bitte, das gab er mir."

1 MILLION EURO
ODER LEBEN

„Scheiße. Und nun?"
„Er will nicht zahlen. Alles gerade nicht einfach. Die
Container-Frachter meiden die Route Rotes Meer.
Der Umweg bedeutet rund 6000 km Umweg über
Kap der Guten Hoffnung von Asien nach Europa."
„Rebellen?"
„Ja, es gab schon Angriffe. Dahinter werden Huiti-
Rebellen vermutet. Ein Rachefeldzug gegen Israel."
„Klar, Geschäft ist das eine, aber wer steckt hinter

der Erpressung? Der DIAZ-Clan?"

„Davon ist auszugehen. Und sicherlich wollen die Kolumbianer Daniela Baumann aus dem Gefängnis freibekommen. Die sitzt ein im Frauengefängnis in Vechta. Daniela Baumann ist eine geborene Diaz! Ihre Schwester Valentina wurde damals getötet."

„Timo Baumann hat seine Wohnung in der Überseestadt. Nur einige 100 Meter vom Büro der Reederei BAUMANN und WILKE entfernt. Er bewohnt eine 150 qm große Penthousewohnung. Riesige Fensterfronten gewähren ihm einen Blick über die ganze Stadt. Er fühlte sich beobachtet, beschattet. Die Nachricht lag in seinem Briefkasten."

Es geschah vor zwei Jahren

4

Hamburg. Zollamt Waltershof

500 kg Kokain! Sie sind mit dem Containerfrachter MSC GLOBE in den Hamburger Hafen gekommen. Der Container sollte mit anderen Behältern auf ein Feederschiff umgeladen werden. Die Fracht sollte nach Polen gehen. Das Kilo im Einkauf 35.000 Euro. Das sind 17,5 Millionen. Im Straßenverkauf werden daraus 35 Millionen. Der Container wurde in einer Prüfanlage durchleuchtet. Das Zufallsprinzip hatte zugeschlagen. Das Rauschgift war in Säcken verpackt, lagerte zwischen den anderen Reissäcken. Kleine Päckchen, abgepackt in 50 und 100 Gramm. Der Kapitän der MSC GLOBE sitzt mit dem Sicherheitchef von BAUMANN und WILKE im Büro des Zolls Hamburg. Gerrit Steiner weiß genau, dass dem Kapitän nichts vorzuwerfen ist.

Der Mittelsmann, besser gesagt die Person, die alles um das Drogengeschäft einfädelt, ist Valentina Diaz, die Schwester von Daniela Baumann. Daniela, die Ehefrau von Timo Baumann, ist eine geborene Diaz. Bisher ist stets alles gutgegangen. Das Trio arbeitet perfekt zusammen. Von dem Erlös wurden im Stil der Geldwäsche einige Immobilien und Grundstücke gekauft. Daniela Baumann hat über die Geschwister ein Millionenvermögen erzielt. Gerrit Steiner ist ihr hörig. Erledigt alles für sie, was von ihm verlangt wird.

Die Atmosphäre beim Zoll ist angespannt. Heinz Köhlers und Gerrit Steiners Blicke treffen sich. Der Beamte mit der Zuständigkeit des

Zollfahndungsdienstes im Bereich der Rauschgiftkriminalität steht auf der „Gehaltsliste" von Gerrit Steiner. Und das seit Jahren. Mehr als ein Schulterzucken blieb nicht als Sichtkontakt. Das Verhör führte ein Vorgesetzter. Der relevante Sachverhalt: Beschuldigung von Rauschgiftschmuggel. Die Untersuchungen liefen parallel. Das Container-Schiff wurde durchsucht. Alle Frachtpapiere wurden analysiert. Das Bordpersonal durchgecheckt. Gleichzeitig werden in Amtshilfe beim Empfänger der Fracht in Polen Erkundigungen durchgeführt. Ein Im- und Exportunternehmen. Gerrit Steiner steht der ganzen Untersuchung gelassen gegenüber. In der Regel ist es dem Zoll nicht möglich, die Reederei oder die Schiffsbesatzung zu belangen, geschweige denn überhaupt anzuklagen. Vielmehr geht es um den Absender oder auch den Empfänger. So auch in diesem Fall der MSC GLOBE. Der Kapitän konnte nach Überprüfung und Vorlage aller Unterlagen die Zollbehörde verlassen. Gerrit Steiner wurde empfohlen, noch einige Tage in Hamburg zu bleiben.

In der Nacht

Der Blick des Zollbeamten Heinz Köhler auf seine heruntergekommene Armbanduhr brachte Gerrit

Steiner ein Lächeln ins Gesicht. „Die ROLEX liegt im Safe?"

„Das ist dumm gelaufen. Sorry, ich war nicht beteiligt."

„Davon gehe ich aus. Hier dein Umschlag." Heinz Köhler öffnet den Umschlag. Zählt das Geld. „Wir haben jetzt eine neue Situation. 2.000 Euro im Monat sind passe."

„5.000 Euro. Mehr ist nicht drin."

„Spinnst du? Ihr macht Millionen. Sag, deiner Chefin, sie soll 100.000 herüberwachsen lassen. Einmalig."

Als von Gerrit Steiner keine weitere Reaktion kam, legte Heinz Köhler nach. „Die Bullen haben bestimmt ein Interesse an euren Geschäften."

„Du Arsch, willst uns erpressen? Du weißt nicht, mit wem du Wicht dich anlegst."

Gerrit Steiner hatte den schmächtigen Beamten nur leicht geschubst. Heinz Köhler verlor das Gleichgewicht und fiel gegen den Poller am Pier.

Steiner schaute sich um. War jemand in der Nähe? Er sah, dass der Zollbeamte stark blutete. Er beförderte den am Boden liegenden bewusstlosen Schwerverletzten mit einem Stoß ins Wasser.

An seinem Hotel angekommen, nahm er den Hinterausgang. Im Zimmer stopfte er seine Kleidung in den Koffer, ging in die Dusche. Er zog andere Kleidung an und ging an die Hotelbar. Gerrit Steiner bestellte sich einen

außergewöhnlichen Cocktail-Mix. Der Barkeeper
soll sich auf jeden Fall an ihn erinnern.

Es waren keine guten Tage für die MSC GLOBE.
Erst der Verlust von drei Containern auf hoher See.
Jetzt der beschlagnahmte Container an Land.

Am kommenden Tag

Das Klischee, das kurz vor dem Tod das Leben an
dir vorbeizieht, war heute im Kopf vieler Beamten.
Hinter vorgehaltener Hand wurde vom gehobenen
Lebensstil Heinz Köhlers gemunkelt. Der Fund der
Wasserleiche stellte sich schnell als die von Heinz
Köhler aus.

Hamburg hatte einen Mordfall. Es wurden wilde
Spekulationen angestellt, ob der Todesfall mit dem
Drogenfund auf der MSC GLOBE zu tun hat. Mit
wem hatte sich der Beamte in der Nacht getroffen?
Schnell wurde festgestellt, dass der Mann
ertrunken ist. Ein Unfall wurde aufgrund der
Verletzung am Schädel ausgeschlossen. Als Tatzeit
wurde 24 Uhr angenommen. Zu der Zeit blieb die
Armbanduhr des Getöteten stehen. Ein Raubmord
wurde ausgeschlossen.

„Was ist da aus dem Ruder gelaufen. In der Jacke
waren 2.000 Euro in einem Umschlag." Nach

Klärung mit der Zollfahndung galt Gerrit Steiner als Zeuge. Er wurde in das Polizeikommissariat in Hamburg zur Befragung bestellt.

Einige Stunden später

„**D**ie Ratte ist tot." Mateo Diaz war in seinen Gedanken schon weiter. „Das ist nur ein Teil der Lösung."

Mateo ist der Laufbursche seiner Schwester. Valentina Diaz zieht die Fäden. Sie ist das Juwel ihres Vaters. Von ihm nach Europa geschickt worden, um das Geschäft zu organisieren. Valentina steigt aus dem Wagen heraus.

„Die Polen haben doch keine Ahnung."
„Wie? Wir haben keine Ware! Ein Container über Bord, der andere beschlagnahmt!"
„Wir haben drei Tage Zeit."
„Bis dahin bekommen wir aus Kolumbien nichts nach Hamburg."
„Dann erfinden wir Stoff."
„Du willst den Polen Pfusch unterjubeln?"
„Ich will die Kohle. 15 Millionen Euro. Wenigstens eine Tranche. Darum geht es. Was die mit der Ware machen, ist doch deren Sache."

Valentina ging zum Auto zurück, setzte sich wieder auf die Rückbank des schwarzen BMWs. Sie fährt die getönte Scheibe herunter.

„Gerrit, du wirst die Übergabe machen. Mateo wird dich begleiten."

Hamburg

„**I**ch habe stundenlang gepackt. 500 Kg. Weißt du, wie viel Mehl, das ist. Das war Schwerstarbeit."

„Ich war in mehreren Läden. Soll ja nicht auffallen."

„Die Tüten?"

„Süßwarengroßhandel."

„Wusste ich es doch, Gerrit. Du bist ein Fuchs."

„Wohl zumute ist mir dabei nicht. Die Polen machen kurzen Prozess, wenn sie was merken."

„Hallo, ich decke dich. Habe eine Vollautomatische. Ich mähe die Idioten weg."

„Und dann?"

„Wird der Markt neu geordnet. Die zahlen sowieso zu wenig."

„Sagt deine Schwester?"

„Weiß nicht, schwierig gerade."

„Es ist immer schwierig mit den Weibern. Nicht nur bei euch. Was meinst du, was in Kolumbien los ist? Nicht anders. Nirgendwo auf der Welt."

„Afghanistan. Saudi-Arabien."

„Träum weiter."

„Was willst du, eine starke Frau, oder? Eine Partnerin? Das ist Daniela. Überleg mal, was die für ein Risiko eingegangen ist."

Gerrit Steiner ist seit Langem am Zweifeln, ob Daniela Baumann ihn nur benutzt. Auch was Timo Baumann betrifft. „He, woran denkst du? Du brauchst den Kopf jetzt frei. Das wird gleich, kein Zuckerschlecken."

„Treffpunkt wie immer. Null Uhr. Container-Hafen."
„Ich fahre den Wagen mit dem Stoff. Du den BMW. Erst die Ware, dann das Geld?"
„Das machen wir diesmal anders. Zug um Zug. Die Polen stellen die Geldkoffer in den Kofferraum des BMW. Bekommen die Schlüssel vom VW-Transporter. Können prüfen oder auch nicht. Die fahren in die eine Richtung, wir in die andere."
„Mit wie vielen Leuten rechnest du?"
„Vier mindestens. Ein Fahrer. Der Dealer, zwei Leibwächter."

Zu selben Zeit

„**S**ind sie an Steiner dran?"
„Der macht seit Tagen keinen Schritt unbeobachtet."
„Na, entscheidend ist der Deal heute Nacht."
„Der Treffpunkt steht unverändert?"
„Ja. Wir sind dort bereits präsent."

„Der Kolumbianer möchte Zeugenschutz."
„Mateo Diaz?"

„Ja, er will auspacken. Die Sache ist ihm zu heiß geworden."

„Weil wir an ihm dran sind."

„Denke, da spielt mehr rein. Familiäres. Neid. Missgunst. Geld. Vertrauensverlust."

„Sehen sie einen Zusammenhang mit dem Tod des Reeders, dem alten Baumann?"

„Alles möglich. Also beim Zugriff die Polen ausschalten. Steiner und Diaz fahren lassen. Später stoppen. Es muss echt aussehen."

„Wer ist alles mit im Boot?"

„Wegen Steiner liegt eine Anfrage aus Bremen vor. Anfangsverdacht Mordfall Rolf Baumann."

„Und wegen Mateo Diaz?"

„Das LKA übernimmt."

„Alles auf dem kurzen Weg. Gefahr im Verzug. Beschlüsse werden nachgereicht."

„Und die Polen?"

„Wäre gut, wenn die noch was ausplaudern könnten."

„Hinterleute. Das große Problem. Aber so weit wie jetzt waren wir lange nicht dran. Es ist ein riesiger Sumpf."

In der Nacht. Gegen 24 Uhr.

Der Hamburger Hafen ist nach Rotterdam und Antwerpen der drittgrößte Container-Hafen

Europas.

Die innenstadtnahen Flächen reichten nicht mehr
aus. Riesige Verladeterminals wurden gebaut.
Zigtausende Container stehen in einer
straßenähnlichen Landschaft von Stahl und Blech.
Meist zu zweit aufeinandergestapelt, in den
verschiedensten Farben.

Der Burchardkai ist auch in der Nacht beleuchtet.
Riesige hohe Strahler erleuchten das Hafengebiet.
Zur vereinbarten Zeit, fast minutengenau, fahren
aus entgegengesetzten Richtungen zwei Fahrzeuge
aufeinander zu.

Die Insassen in dem Wagen haben einen genau
abgesprochenen Ablaufplan. Nichts wird dem Zufall
überlassen. Sie machen alle dies nicht zum ersten
Mal. Doch heute Nacht ist es anders als sonst. Aus
mehreren Seiten der Container-Anlage stürmen
vermummte Polizisten auf die Fahrzeuge zu. Die
Polen eröffnen sofort das Feuer. Der Lärm der
vielen Schusssalven ist unerträglich. Drei Polen
wurden erschossen. Der Fahrer versucht zu
entkommen. Das Auto wird von den
entgegenkommenden Polizeiwagen gestoppt. Der
Fahrer ergibt sich. Kommt mit erhobenen Händen
aus seinem Wagen heraus. Kniet sich hin, legt die
Hände auf den Rücken.

„Gebe Gas. Die Bullen."
„Denke, das schaffen wir nicht."
„Was ist los, Mateo? Woher wussten die Bullen
Bescheid?"

„Spinnst du?"

„Sag du es mir?" Gerrit Steiner hält eine Pistole in der Hand. „Steig aus."

Gerrit Steiner wiederholt. „Du sollst aussteigen."

„Und dann, Gerrit? Noch einen Menschen umbringen?"

„Ist doch jetzt sowieso egal."

„Geh darüber!"

Zwei Schüsse fallen. Gerrit Steiner fällt zu Boden. Ein Polizist fühlt an seiner Schläfe. „Er ist tot." Ein zweiter Wagen kommt herangefahren. Es ist ein ziviles Fahrzeug. „Mateo Diaz?"

„Ja."

„Sie sind verhaftet!"

Mateo Diaz fährt mit zwei LKA-Beamten davon. Im Wagen fällt kein Wort. Alle drei Männer wissen, dass es noch viel zu reden geben wird.

Bremen

Die kleine Wohnung von Valentina Diaz war auf Besuch nicht vorbereitet. Gelinde gesagt: ein wüstes Durcheinander. Melanie Baumann störte es nicht. Nach dem gemeinsamen Duschen legten die Frauen sich in das schmale Bett. Melanie kommen die Gedanken an das Kennenlernen, die erste Begegnung. Sofort spürte sie Gefühle für die Frau, die ihr Mateo vorstellte. Sie schätzte sie fast gleichaltrig ein, wohl etwas jünger als sie selbst. Das lange Haar trug sie offen. Über die Schulter,

weit in den Rücken hinab. Schlank und dabei
vollbusig. Ihre braunen Augen strahlten Wärme
aus.

„Hältst du das für eine gute Idee, dass wir uns jetzt
treffen?"
„Ich habe es nicht mehr ausgehalten. Musste dich
sehen."
Melanie hat die Kontrolle vollkommen verloren. Die
aktivere Frau ist Valentina.
Sie setzt sich so hin, dass Melanie den Rücken
sieht. Das lange Haar der Kolumbianerin ist
geöffnet. Eigentlich ein Ton zwischen Rotbraun und
Schwarz. Gekonnt hebt sie langsam ihren Po und
öffnet Melanie den Zugriff. Diese Stellung wechseln
die beiden mehrfach.

Es ist heute anders, als Melanie es bisher erlebte.
Der Sex mit Valentina war vorher liebevoller.
Zärtlicher. Die Kolumbianerin ist diesmal hart.
Auch im Nehmen. Sie gibt sich ganz hin. Melanie
lernt schnell, den neuen Rhythmus mitzugehen. Sie
spürt die Kolumbianerin immer besser. Valentina
unterbricht das Liebesspiel. Sie hängt sich einen
Schal um und geht in die Küche. Etwas später
kommt sie mit einer Flasche Sekt zurück.
„Entspann dich, Schatz."
Die Kolumbianerin macht das schummrige Licht
aus und zündet zwei Kerzen an.

Melanie hatte sich mittlerweile ein Handtuch
umgehängt. Valentina küsst Melanie zärtlich den

Hals und dann den Nacken hinunter. Melanie fasst
Valentina unter ihrem Schal. Der durchsichtige
Schal gibt Valentinas Konturen frei. Die
Brustknospen stehen. Groß, prall. Solch große
Brustwarzen hatte Melanie noch nicht gesehen. Sie
legt eine Knospe frei und küsst sie zart. „Beiß ruhig
hinein."

Melanie saugt sich fest. Die Kolumbianerin reißt
Melanie das Handtuch vom Körper. Beide Frauen
sind splitternackt. Stehen auf. Schmiegen ihre
Körper aneinander. Valentina Diaz nimmt aus dem
Nachttisch einen rosa Dildo. Führt ihn langsam bei
Melanie ein. Melanie übernimmt den Dildo und
küsst Valentina in ihrem Schritt.
Beide Frauen sind im Taumel ihrer Gefühle.
Gefesselt in einem Rausch von Gier nach Lust und
deren Befriedigung. Melanie wechselt die Stellung.
Sie sitzt nun auf Valentina. Die küsst Valentina
Stellen, wo sie es am liebsten hat. Sie kennt die
wichtigsten Stellen. Melanie tobt auf Valentinas
Körper hin und her. Die schubst sie von sich
runter. Wechselt die Stellung. Spielt selbst an ihren
Brüsten. Melanies Hände sind frei für die feuchten
Stellen der nimmersatten Kolumbianerin.

Am nächsten Tag

Die Bettdecke liegt auf dem Boden. Einige leere
Flaschen daneben. Auf dem Glastisch liegen noch
kleine Reste von Kokain. Melanie liegt wie ein
kleines Mädchen im Arm der Kolumbianerin.

Heute früh ist alles anders. „Es hat geklingelt,
gehst du hin?"
„Wissen Timo und Daniela von uns und unserer
Liebe?"
Melanie Baumann reibt sich die Augen. Valentina
Diaz gibt ihr einen kurzen Kuss. „Unwichtig, komm.
Noch einmal uns spüren vor dem Frühstück."
Valentina kann sich gerade noch befreien.
„Ich bin doch gleich wieder da."
Melanie springt auf, geht ins Bad, begann damit,
ihren straffen Körper unter der Dusche zu
befriedigen.
„Wenn es eben so ist."
Sie ist glücklich. „Wer ist denn gekommen, mein
Schatz? Valentina?"

Zur selben Zeit

Valentina Diaz hatte damit gerechnet, aber nicht
so schnell. Nach dem Desaster im Hamburger
Hafen war es nur eine Frage der Zeit, wann die
Polizei auftauchte. Gerrit erschossen, Mateo
verhaftet. Sie schaute durch den Spion. Nach

mehrmaligen Klingeln klopfte jetzt der Polizist.
„Hier ist die Polizei. Öffnen sie die Tür."

Mit einem heftigen Stoß tritt der SEK-Polizist die
Holztür ein. Valentina hatte eine SIG-Sauer-SP
2022 auf den vermummten Polizisten gerichtet. Der
Kollege von ihm schoss sofort. Valentina liegt
getroffen am Boden. Die Pistole fällt langsam aus
ihrer Hand. Ihr letzter Blick galt Melanie, die aus
dem Bad herbei gestürzt war.

„Kommen sie, junge Frau."
Der Polizist ruft in das Treppenhaus hinaus. „Hier
alles sicher. Wir brauchen einen Arzt!" Der
eintreffende Arzt konnte nur noch den Tod von
Valentina Diaz feststellen. Der Polizist gab dem
Einsatzleiter der SEK-Zugriffsaktion seine Pistole.

„Es ist, wie es ist. Ich mache dir keinen Vorwurf.
Du hast einem Kollegen das Leben gerettet."
„Die Frau hat einen Schock." Der Arzt behandelt
Melanie Baumann mit zusätzlichem Sauerstoff.
„Eine Trauma-Behandlung ist nötig."
„Wo bringen sie die Frau hin?"
„Städtische Krankenanstalt. Geben sie der Frau
einen Tag Ruhe, dann ist sie wohl ansprechbar."

Der Regen hatte aufgehört, an die kleinen
Fensterscheiben zu prasseln. Es war jetzt mildes
Wetter. Fast windstill. Die ersten Sonnenstrahlen
des neuen Tages scheinen in das Zimmer. Das
hatte jetzt vollkommen die KTU in Beschlag
genommen. Der eintreffende Kommissar der

Drogenfahndung nahm den Laptop an sich.
Gravierende Hinweise auf Beteiligung von Daniela
Baumann wurden festgestellt.

Zwei Jahre später

5

Bremen

Ich versuchte das Gefühl der Angst abzuschütteln.
Die Erinnerungen an den Fall Baumann, die
schrecklichen Ereignisse, Todesfälle, Verhaftungen.
Mir war sofort bewusst, dass der mächtige DIAZ-
Clan Rache will. Und mein Freund, Sven Lohner
mittendrin. Ich bekam eine düstere Vorahnung.
Spürte den Atem von meinem Freund in meinem
Nacken.

In dem Moment flog ein Stein direkt durch die
Fensterscheibe und landete an einem Spiegel. Er
zersplitterte. Der Stein war eingewickelt in Papier.
Sven entfernte das Papier. Es war in Blut getränkt.
Ich begann zu zittern.

„Wer tut so etwas?"

„Die wollen, dass ich mich zurückziehe. Von der Bildfläche Baumann und Wilke verschwinde!"

„Also eine ernst gemeinte Warnung. Sven, und nun?"

„Keine Polizei. Du machst deinen Job, ich meinen!"
Ich versuchte immer wieder, mich in die Gedankenwelt meines Freundes zu versetzen. Es gelang mir heute weniger.

Zur selben Zeit

Bremen

„**E**ntschuldigung, Herr Doktor, ich weiß, es ist spät und überhaupt Wochenende. Wir haben einen Notfall. Ein Schwerverletzter, Autounfall. Muss notoperiert werden. Sie werden dringend für die Operation gebraucht. Der Professor ist nicht in der Stadt. Er bat mich, sie zu informieren."

„Bereiten sie alles vor. Aber 30 bis 35 Minuten brauche ich!"

„Ich sage schon mal danke. Der Patient ist stabilisiert. Hoffen wir, dass alles gut bleibt."

Daniel Bauer entledigte sich seiner getragenen Jogginghose, betrat die Doppelgarage seines Landhauses in Bremen-Oberneuland und stieg in einen schwarzen BMW. Während der Fahrt telefonierte er mit seiner Assistentin. Das Krankenhaus Bremen-Ost, das örtlichen Zentralkrankenhaus, besteht aus mehreren Kliniken, insbesondere der Notaufnahmestation, wo dann über die Aufnahme in der Fachklinik beraten wird. Daniel Bauer suchte die Klinik für Unfallchirurgie auf. Alles stand dort auf Vorbereitung. Das komplette Kompetenzteam begann zu arbeiten.

Der Patient war ein Großunternehmer, der CEO von der Bremer Großreederei Baumann + Wilke. Timo Baumann. Seine Freundin Jessica fuhr den Wagen. Sie blieb bei dem Unfall nahezu unverletzt. Timo Baumann hatte sich auf der Fahrt als Beifahrer nicht angeschnallt. Ein klassischer Fall: der rechte Vorderreifen platzte bei einer Geschwindigkeit von 240 Km/Std. Der Mercedes durchbrach die Leitplanke und stürzte einen Abhang hinunter. Blieb auf dem Dach liegen.

Makaber, Jessica ist seine geschiedene Ehefrau. Um das Leben des Reeders kümmert nun er sich. Um das Unfallgeschehen die Polizei. Wie konnte ein Reifen zu Schaden kommen? Hatte jemand nachgeholfen? Jessica Bauer machte der Polizei gegenüber Andeutungen. Ihr Freund fühlte sich bedroht. Jessica Bauer versuchte, Informationen über den Zustand ihres Partners zu bekommen. Ihr wurde berichtet, dass Timo Baumann ins künstliche Koma versetzt wurde. Die Operation am Schädel verlief erfolgreich. Daniel Bauer, ihrem Ex-

Mann konnte sie noch nicht ihren Dank
aussprechen.

Zur selben Zeit

Mein Freund informierte mich. Es war unfassbar,
unheimlich. Unvorstellbar. Martin Hellweg in der
Psychiatrie untergebracht im Krankenhaus
Bremen-Ost und nun auch sein Bruder Timo
Baumann. Was für eine Konstellation? Der
„Moormörder" Martin Hellweg und der reiche
Unternehmer-Sohn Timo Baumann.

Ich erinnerte mich an die zu Herzen gehende
Geschichte, die sich am Grab von Rolf Baumann
zutrug: Der Hohenkampsweg galt an diesem
Endsommertag ganz der Familie von Rolf
Baumann. Nur im engsten Familien- und
Freundeskreis sollte von der Reeder Abschied
genommen werden. Es waren bewegende Worte, die
der Pfarrer sprach. Eine Zusammenfassung vom
Leben eines Mannes, der Familie, Beruf,
Unternehmen, Öffentlichkeit, Ehrenämter verstand
unter einen Hut zu bringen. In eine Reeder-
Dynastie hineingeboren zu werden, bedeutet mehr,
als nur darin aufzuwachsen. Als junger Mensch
fuhr Rolf Baumann zur See. Machte selbst sein
Patent. Er wollte selbst das Meer erleben, teilhaben

an dem, was seine Mitarbeiter auf dem Meer
erleben. Er half in der Werft-Krise, ließ Schiffe auf
Bremer Werften bauen. Wurde Senator. Bekam das
Bundesverdienstkreuz. Der Pfarrer kennzeichnete
aber auch das Familienleben, das Privatleben, den
Freund vieler, den Christen Rolf Baumann. Der
alten Tradition nach trugen die Sargträger Gehrock
und Hut. Zweifellos der bewegendste Moment trifft
die Trauergemeinde am offenen Grab.
Mateo Diaz stützte seine Schwester. Daniela war
ganz in Schwarz gekleidet. Ihr Hut war umsäumt
mit einem Netz, das herunterhing und ihr Gesicht
bedeckte. Gleich neben ihr stand Valentina.
Dahinter Melanie und Timo Baumann. Insgesamt
waren nur 15 Personen beim letzten Weg des
Reeders.
Einige streuten Erde auf den hinabgelassenen Sarg.
Timo nahm eine ganze Schaufel. Daniela und
Melanie warfen eine rote Rose. Friedhofsgehilfen
legten Kranzgebinde und Sträuße, Buketts und
Blumen an den Rand des Grabes. Niemand
bemerkte eine etwa 50 Meter entfernt stehende
Frau. Sie trug einen blauen Mantel. Der Kopf war
mit einem gelben Hut bedeckt. Hauptkommissar
Sönke Gerhardt war die Frau aufgefallen. Er selbst
stand noch weiter entfernt. Das alte Klischee war
zu bedienen. Führt es den Mörder von Rolf
Baumann auch hierher, zu seinem Grab? Der
Kriminalist wartete ab. Die Trauergemeinde stand
in Grüppchen zusammen. Bewegte sich langsam
von der Grabstelle fort. Als alle zur Familie

gehörenden Personen gegangen waren, näherte sich
die blau-gelb gekleidete Frau dem Grab. Sönke
Gerhardt folgte ihr in gut 15 Metern Abstand.
Er sah, wie die Frau einen Briefumschlag ins Grab
warf. Dazu eine weiße Rose. Sönke Gerhardt
machte einige Fotos. Dann sprach er die Frau an,
als sie an ihm vorbeiging.

„Sie haben auch Abschied genommen von Rolf
Baumann?" Die Frau schaute ihn wie in Trance an.
Dann sackte sie zusammen. Der Kommissar fühlte
den Puls. Nahm sein Handy und wählte den Notruf.
In nur zehn Minuten war ein Notarzt am Friedhof.
Fünf Minuten später ein Krankenwagen. Es konnte
nur noch der Tod der Frau festgestellt werden. Der
Notarzt ging von einem Herzinfarkt aus.
Hauptkommissar Sönke Gerhardt rief einen
Friedhofsgärtner. Mit einer langen Gartenhacke
fischte der Mann den Brief aus dem Grab.
„So etwas habe ich auch noch nicht erlebt."
„Einmal ist immer das erste Mal. Danke."

Der Kommissar las das Geschriebene. Dann steckte
er den Briefumschlag in eine durchsichtige Hülle.
Den DIN-A4-Bogen in seine Jackentasche.

„Lieber Rolf. Ich hätte mir gerne ein anderes
letztes Treffen vorgestellt. Meine vielen
Briefe hast du nicht beantwortet. Die vielen
Tränen auf diesem Brief kannst du nicht

mehr fühlen. Bald sind wir beide zusammen.
Ich bin sehr krank. Von uns bleibt unser
gemeinsamer Sohn. Martin. Ein Hellweg.
Leider kein Baumann. Bis bald. Deine
Christine."

Ich habe den Brief oft gelesen, die mit einem
Tintenfüller geschriebenen Zeilen mehrfach
verschlungen. Einige Worte waren mit feuchten
Flecken versehen. Die Buchstaben verwischt. Ich
sah bildlich in Gedanken die Tränen der Frau. Die
Mutter von Martin Hellweg. Mir kamen
Erinnerungen an die Gespräche mit David Hellweg,
dem Mann, der als Vater dann Martin aufzog.

Ich kam mir hilflos gefangen vor in meinen
Erinnerungen. Gab mir Mühe, mich auf den
aktuellen Fall zu konzentrieren. Den Fall des
„Wald-Mörders". Schlägt er wieder zu? Ein
Fünkchen Hoffnung schimmerte in meinen
Gedanken, dass das Phantom gefasst werden wird.
Bei diesen Gedanken pochte mein Herz, meine
Kehle wirkte wie zugeschnürt. Vor meinen Augen
sah ich die Bestie von Mensch. Diese bösartige
Person. Hinter meinen Augen kam Dunkelheit auf.
Mein fester Glauben an Gerechtigkeit zerbröckelte.
Konnte es sein, dass ich erlebe, wie mein Verstand
verloren ging?

6

Syke

Starke Hände packten Amelie Jürgens und mit
einer wilden Entschlossenheit hämmerte der Mann
die Spritze in den Körper der jungen Frau. „Oh,
Schätzchen, du hast es erreicht. Ich erwarte keinen
Dank. Du wusstest, dass der Kampf um dein Leben
vor dir stand. Verlieren gehört im Leben dazu.
Amelie, sorge dich nicht. Du bist nicht allein. Und
weiterer Wildwuchs wird dir folgen."

Der Mann brachte seine Arbeit zu Ende.
„Verdammte Weiber!" Immer wieder flüsterte er
diese Worte. Herabfallender Regen tropfte aus
seinem Haar in den Kragen seines Mantels. Er
schob das nasse und tote Laub beiseite. Dabei
empfand er einen gewissen Stolz über seine
Leistung. Wischte sich den Schweiß von der Stirn,
griff in die Hosentasche und entnahm ihr einen
Würfel. Glänzendes Lockenhaar, blaue Augen,

dichte, lange schwarze Wimpern sahen ihm
entgegen. Einige Minuten starrte er in festen
Gedanken vor sich hin. Er setzte ein gezwungenes
Lächeln auf. Sein Körper entspannte sich, sein
schmaler Mund wurde weiter. Der Mann schaute in
den Nachthimmel und entfernte sich mit
langsamen Schritten hin zum Waldweg. An seinem
Wagen angekommen, stellte er das Radio an und
seine Schuhe bewegten sich im Rhythmus des
Songs. Als der Song zu Ende war, hatte er sein
Haus erreicht.

Am folgenden Tag

Bremen

„**I**mmer mit der Ruhe, junge Frau. Ich habe
verstanden. Sie möchten eine Vermisstenanzeige
aufgeben? Um wen handelt es sich?" Natalie
Schwarz war außer sich. „Die Polizei, dein Freund
und Helfer. Bullshit. Meine Zeit ist kostbar."
„Ich weiß, sie machen in zwei Tagen so viel, wofür
ein normaler Beamter einen Monat arbeiten muss."
„Was soll das, sie haben sich doch den Job
ausgesucht."
Natalie Schwarz bleibt kess. „Übrigens nicht ganz
richtig. Es geht auch schon mal an einem Tag!"
Natürlich waren die einschlägigen Damen auf dem

Revier in der Innenstadt bekannt.

„Also, dann legen sie mal los."

„Amelie Jürgens. Wenn sie so wollen, eine Berufskollegin. Wir waren in Davos verabredet. Sie erschien nicht. Kein Kontakt. Weder Telefon noch E-Mail. In ihrer Wohnung ist sie auch nicht."

„Seit wann vermissen sie ihre „Kollegin"?"

„Mindestens eine Woche."

„Das klingt nicht gut." Der Polizist wird am Computer aktiv. Gibt die Personalien ein. Bedankt sich für den Hinweis und erklärt Natalie Schwarz die weitere Vorgehensweise.

Natalie Schwarz verändert ihre traurige Miene und setzt ein Lächeln auf. „Hier meine Karte. Für den Notfall, sie wissen schon."

Da der Beamte die Karte nicht entgegennimmt, legt sie die Visitenkarte auf den Schreibtisch. Natalie Schwarz steht auf, geht zum Ausgang und wirft einen freundlichen Blick zurück. Vor der Wache stehend, nimmt sie einen Anruf an.

„Ja?" An der anderen Seite ein Räuspern.

„Wir sollten uns treffen?"

„Tobias Reuter. Okay, warum?"

„Kann sein, dass du in Gefahr bist. Erika ist tot, Amelie nicht zu erreichen."

„Ich weiß, war gerade bei den Bullen. Eine Vermisstenanzeige aufgegeben."

„Dass das klar ist, ich habe damit nichts zu tun. Ihr habt mich zwar verarscht, ich war auch nicht immer, sagen wir mal so, nett, aber ich bringe doch keine Frau um."

„Reine Zeitverschwendung. Wo man dich hätte gebrauchen können, warst du nicht da. Jetzt ist es zu spät."

„Natalie, es ist nie zu spät für einen Neuanfang. Wir ziehen das Ding ganz groß auf. Die Idee war ja gut, passt in die Zeit."

„Okay, wo wollen wir uns treffen?"

Tobias Reuter überlegte. „Bremen ist verseucht von Videokameras. Das muss ich nicht haben."

„Mensch Tobias, schlüpf in eine Jogginghose. Kapuzenpullover über den Kopf gezogen. Eier in der Hose hast du ja, also keine Angst vor den Bullen. Ich mache das auch. Wir joggen, okay?"

„Bürgerpark, vier Kilometer. Start an der Parkallee in Schwachhausen."

„Uhrzeit 15 Uhr."

„Okay. bis dann."

Etwas später

Polizeipräsidium Bremen

Der Polizeichef legte in einer fast flehenden Geste seine Hände auf den Tisch.

„Ich weiß, dass in den Abteilungen jeder sein Bestes gibt, die Soko WALD unterstützt. Ich habe es jeden Tag mit den Presseleuten zu tun. Ein

Serientäter in Bremen. Wieder einmal. Unfassbar.
Gibt es Ermittlungsfortschritte?"

Ich fasste mir ein Herz, nahm allen Mut zusammen
und sagte: „Nun, ich sage es nur ungern, aber der
Täter ist uns immer einen Schritt voraus. Solange
wir in der Defensive sind, machen wir es ihm nur
einfacher."
„Was wollen Sie uns damit sagen, liebe Kollegin?
Dass wir riskieren, am Ende mit leeren Händen
dazustehen?" Mein Magen verkrampfte sich, ich
versuchte Ruhe zu bewahren. „Horst Bertram, also
der Busfahrer, denke, ist nicht ein Serientäter. Und
der vermeintliche Zuhälter, also Tobias Reuter eher
auch nicht."
„Gewagte Erkenntnis, Frau Wolter!"
„Nein, mehr als eine Vermutung. Diese beiden
Männer sind keine Psychopathen. Wir haben es bei
dem Phantom mit einem Psychopathen zu tun."
„Die bekannte Täter-Opfer-Rolle?"
„Ja, zum Beispiel. Der Mann, und da gehe ich von
aus, hat in seiner Kindheit und Jugendzeit
Erlebnisse erfahren, für die er nun Menschen zur
Verantwortung zieht."
„Jetzt nicht, was gibt es denn?" Der Polizeichef liest
die Nachricht. „Was? So eine Scheiße!"

Alle Anwesenden waren gespannt auf eine
Erklärung. „Tja, Kollegen. Wir haben ein weiteres
Tötungsdelikt. Die Kollegen aus Syke haben die
Information gegeben. Spaziergänger mit einem
Schäferhund haben eine Frauenleiche entdeckt."

„Anerkennung, Frau Wolter. Ihre Einschätzung kann sich als richtig erweisen."

Ich fühlte, wie der Polizeichef mich musterte. „Bleiben sie dran an ihrer Theorie." Er wandte den Blick ab und führte das Gespräch mit den Kommissaren weiter. Für mich gab es nur eine Frage, handelt es sich um die gleiche Handschrift? Wurde ein Würfel abgelegt? Ist die gefundene Frau eine weitere Prostituierte?

Zur selben Zeit

Die zuerst eintreffenden Polizeibeamten begannen sofort mit der Tatortsicherung. Der Tatort wurde großräumig abgesperrt. Es geht um die Vermeidung von Zerstörung etwaiger Spuren. Die Personalien der Spaziergänger wurden aufgenommen. Es dauerte nicht lange, dann waren die Beamten der Spurensicherung vor Ort.

Aufgrund der Tatsache, dass mehrere Personen am Tatort beteiligt waren, wird alles als mögliche Spur eingestuft.
Viel Arbeit für die späteren kriminaltechnischen Untersuchungen im Labor. Die kleinste Spur ist wichtig, wird dokumentiert. Der Tatort wird quasi topografisch abgearbeitet. Die junge Frau hatte keinerlei Papiere bei sich, kein Handy.

Auffallend war der gefundene Würfel. Herausstach
die aufgetragene Schminke auf den Gesichtsflächen
der Toten. Die geflochtenen Haare, als Zopf
zusammengebunden und komplett damit den Kopf
bedeckt.

Wenig später

Fassungslos standen Tomke Schmidt und Heike
Best am Tatort. „Wissen Sie, ich bin mit der
Hoffnung hergekommen, dass wir ein anderes
Schema vorfinden. Das hat sich leider nicht erfüllt.
Ein weiteres Opfer unseres Serienmörders."
„Immerhin gibt es eine Gewissheit: Horst Bertram
kann nicht der Täter gewesen sein. Er sitzt in
Untersuchungshaft!"
„Zumindest für diese Tat kommt er nicht infrage."
„Können sie sich eine Doppeltäterschaft vorstellen?"
„Der Busfahrer, ein Komplize?"
„Alles ist möglich. Sind doch oft ihre Worte, Chef!"
„Ich muss auf andere Gedanken kommen. Lust auf
einen Absacker im Lokal?"
„Sie sind der Chef!" Heike Best war schnippisch,
wie so oft. Ihr Chef mochte diese Art an ihr und
sicherlich auch noch mehr. Noch im Lokal
erlangten die Ermittler Gewissheit. Bei der Toten
handelte es sich um Amelie Jürgens.

„Eine Kollegin hatte noch eine Vermisstenanzeige aufgegeben. Nun haben wir Gewissheit."
„Nehmen sie Kontakt auf. Die Tote muss ja identifiziert werden."
„Klar, mach ich Chef."

Einige Stunden später

Bremen, Bürgerpark

„**I**m Bürgerpark fand die Bremer Winterlaufserie statt."
„Nichts für mich. Aber gute Idee von dir, hier zusammenzulaufen."
„Du steckst in der Scheiße?"
„Ja, die Bullen, denke, bin zur Fahndung ausgeschrieben. Wohl als Zeuge zur Befragung."
„Das schränkt dich ein. Wie soll das dann mit uns gehen?"
„Habe relativ gute Drähte zu einigen Bullen. Habe was bei denen gut. Ein LKA-Mann ist an mir dran. Der ist sich mit einigen nicht grün. Florian Weise, K 62. Politische Kriminalität. Islamisten, das ganze Spektrum. Ausländer. Du verstehst."
„Und warum ermitteln die gegen dich?"
„Drogenszene. Alte Zeit. Hallo, lass die alten Kamellen. K 32 wäre komplizierter. Die ermitteln bei Sexualdelikten, oder das K 33 in

Kapitalverbrechen.“
„Egal, das ist alles Scheiße.“

Während Natalie Schwarz und Tobias Reuter ihre
Dehnübungen machten, klingelte bei dem Escort
das Handy. Es wurde eine schlimme Nachricht
übermittelt und die Bitte, in den nächsten zwei
Tagen zur Gerichtsmedizin zu kommen zwecks
Identifizierung.

„Scheiße!“
Natalie brach in Tränen aus. „Amelie wurde
gefunden. Tot. In einem Waldgebiet bei Syke. Wie
vorher auch Erika. Dieser verfluchte
Schweinehund!“ Wenig später verflogen ihre
Gedanken. Joggen tut der Psyche gut. Das Gehirn
konzentriert sich auf die Bewegung, die Gedanken
fließen freier. „Startklar?“
„Ja, kann losgehen.“
„Wir versuchen 20 Minuten, okay?“
„Bin dabei.“

Tobias Reuter war grenzenlos überzeugt von der
erotischen Ausstrahlung von Natalie Schwarz. Und
auch davon, dass die Frau in Davos richtig viel
Kasse gemacht hat.
Nur langsam findet er die richtigen Worte. Ein
Lächeln umspielt die Lippen von Natalie. Sie ist
ganz bei sich. „Wir sollten jetzt das Beste aus der
Situation machen, Natalie. Du bist jung und
lebensvoll, stark. Darfst jetzt nicht an dem Verlust
deiner Freundinnen zerbrechen. Die Chance nutzen

und mit dem Geschäft alleine durchzustarten. Ich bleibe im Hintergrund. Sehe es mal so, ich bin der Fels in der Brandung und du weißt, die ist unberechenbar und oftmals heftig."

Natalie lächelte. „Du bist im Hintergrund, also ich denke, du bringst mich zu den „Geschäften", wir sind über einen Sender und Empfänger verbunden."

„Genau. Ich garantiere dir deine Sicherheit. Ohne Sicherheit gibt es keine Freiheit."

Natalie filterte das Gehörte. Zog Schlüsse aus der Zeit in Davos. Das war nicht ohne. Je mehr Geld im Spiel ist, umso perverser die Wünsche der Männer. Und wohin hat das letztlich alles geführt?

„Okay, was soll dein Anteil für deine Dienste sein?"

„20 %." Tobias Reuter zögerte einen Moment.

„Plus Spesen. 200 am Tag."

Er lacht. „Ich bin sparsam."

Der Mann hatte schnell gerechnet. 200 plus 200 sind 400 am Tag. Die Frau macht 800 Euro. Mindestens.

„Wir bauen eine Web-Seite auf. Buchung nur Online. Kohle als Vorauszahlung. Wenn das Geld eingegangen ist, wird der Treffpunkt vereinbart. Und dann bin ich im Spiel."

„Klingt gut. Ja, professionell."

„Klar, mit Geld hast du dann nichts mehr zu tun. Dienstleistungsstaffelung: Begleitung 750 Euro, mit Sex 1.500 Euro. Komplett mit Übernachtung und Vollservice 2.000 Euro."

Die beiden waren aus der Puste gekommen.
Verharrten eine Weile. Machten gekonnt einige
Dehnungen. „Wo wohnst du jetzt?"
„Ich bin in einer kleinen Pension untergekommen.
Eine alte Bekannte. Geht momentan nicht anders."
„Na denn, auf eine bessere Zukunft."

Natalie fand sich in anderen Gedanken wieder. Die
Identifizierung in der Rechtsmedizin stand an.

Vor vielen Jahren. Im Jahr 1992

7

Bremen

Während Ingrid vor dem Spiegel stand und sich ihr
langes Haar zurechtmachte, dachte sie noch einen
Moment an den kleinen Krümel.
Sie hatte ihn noch zärtlich geküsst. Dann musste
sie eilig handeln. Ihre Gedanken waren nun bei

dem Mann, der mit ihr eine Affäre hatte.
Bemerkenswert reich. Sich stets Sorgen um sein
riesiges Vermögen machend. Zumindest wusste
Ingrid, was sie wollte. Ihren Service teuer bezahlen
lassen. Als Ausgleich für die verschwiegene
Vaterschaft sollte der in Bremen angesehene Mann
richtig viel zahlen. Immer öfter kamen ihr
Gedanken, Kapital herauszuschlagen aus ihrem
Wissen von den geheimen Treffs. Ein ganz
besonderes Erlebnis war in Bremen für
Wirtschaftsführer, Politiker, Behördenmitarbeiter,
Baulöwen und Handwerksmeister ein Besuch im
geheimen Etablissement in der Schwachhauser
Heerstraße. In Anwesenheit netter „Hostessen", mit
Musik untermalte, angenehmer Atmosphäre,
wurden in dem „Club" Geschäfte u.a. verhandelt.

„Hallo, mein Baulöwe. Hast du Hunger
mitgebracht?"
Der kahlköpfige Mann begann zu schnurren.
Ingrid verstand sofort und kroch auf das
Doppelbett. Öffnete erst ihre Bluse, dann die Haare.
Peter Graf sehnte sich nach diesem Blick.
Seine Gier nach dieser Frau wurde immer größer.
Ingrid verstand es geschickt, den Mann in ihren
Bann zu ziehen. Sie ließ den Sex über sich ergehen,
erhob sich nach 15 Minuten von dem französischen
Bett und zog sich die Bluse wieder an.

„Was soll das?"
„Wir müssen reden!"

„Spinnst du?"

„Nein, ganz und gar nicht. Ich habe nachgedacht.
Unser Sohn kommt bald in die Schule. Ich will das
Beste für ihn. Und das geht nur mit Geld. Also, es
ist ganz einfach, ich will 100.000. Du richtest ein
Konto ein. Und dann monatlich 5.000."

Dem Mann wurde sofort klar, dass es die Frau
ernst meint. Mit Zähnen und Klauen kämpfen wird.
„Du willst mich erpressen?"

„Nenne es, wie du willst. Ich kann auch mit deiner
Frau sprechen. Nein, besser erst mit deinem
Schwiegervater. Kannst du dir vorstellen, was dann
passiert?"

„Das wirst du nicht wagen!"

„Es liegt an dir. Mache das Konto und mache es
schnell. Du willst doch noch einige Aufträge von
deinem Schwiegervater, oder?"

„Du bist ein Miststück!"

„Dann passen wir doch gut zusammen. Gleiches zu
Gleichem. Und jetzt verpiss dich. Ach so, eine neue
Geliebte kannst du dir auch suchen."

Das Gehörte saß. Fraß sich ins Gehirn des Mannes
ein. Vor allem der letzte Satz. Er verstand zweimal
verloren zu haben. Oder dreimal? Geld, Liebe und
Achtung.

„Deinen Schlüssel bitte!"

Zähneknirschend befolgte Peter Graf die
Anweisung. „Du wirst das noch bereuen!"

„Du wohl mehr!"

Der Mann steckte sich eine Zigarette an. Nahm
einen kräftigen Zug und blies Ingrid den Rauch
mitten ins Gesicht. Ingrid holte zu einem Schlag
aus, den Peter Graf jedoch abwehren konnte.
„Ich werde dafür sorgen, dass du in der
Schwachhauser Heerstr. Hausverbot bekommst."
„Und du, richte deinen Freunden schöne Grüße
aus. Es wird noch einiges auf die illustre
Gesellschaft zukommen. Das verspreche ich!"

Der kleine Krümel sah aus seinem Versteck alles
mit an und hörte das Gesagte.
Dann sah er, wie seine Mutter unter die Dusche
ging. Er schlich sich ins Bad und sah zu, wie das
herabfallende Wasser des Duschstrahls seiner
Mutter guttat. Sie befreite sich von dem Schmutz
des Mannes.

Ingrid bemerkte „Krümel". Lächelte ihn an und
sagte: „Komm doch mit unter die Dusche."
Natürlich ließ „Krümel" die Einladung nicht aus.
Ingrid seifte ihn von oben bis unten ein und gab
dem Jungen den Duschschlauch. „Krümel" war in
seinem Element. Abwechselnd hielt er den
Wasserstrahl auf seine Mutter und auf sich. „Ist
dein Besuch ein böser Mann gewesen?"
„Schatz, er ist ein Geschäftsfreund."
„Er hat dich nicht gut behandelt."

Ingrid nahm ein Badehandtuch und trocknete ihren
Sohn. „Krümel, mein Liebling, ich weiß, was ich

tue, weiß, was gut für uns ist. Mache dir keine
Sorgen.“

Wenig später geht sie mit dem Jungen ins
Kinderzimmer. „Welcher von den Teddybären ist
dein Liebster? Gib ihn mir.“
„Krümel“ gibt seiner Mutter einen Beige-Braunen
Teddy mittlerer Größe. „Das ist Benno, er ist ganz
stark.“
„Schatz, schließe bitte für einen Moment die Augen
und zähle bis 10.“ Während der Junge laut zählte,
öffnete Ingrid das Fell des Bären und steckte eine
CD in den Bauch des Bären. „Zehn!“
„Ja, toll, du musst immer gut auf Benno aufpassen.
Immer, auch, wenn du schon groß bist. Benno ist
schlau, der weiß sehr viel. Sehr, sehr viel.“

„Ja, Mama, versprochen.“
„Ehrenwort?“
„Ehrenwort Mama. Ich passe auf Benno auf,
solange ich lebe!“

Zur selben Zeit

Peter Graf fluchte während der Rückfahrt lauthals
in seinem Porsche 911 vor sich hin. Er fasste einen
teuflischen Plan. Anstatt nach Hause zu fahren,
wählte er den Weg zur Schwachhauser Heerstr. Es
gab Gesprächsbedarf. Beim Eintreten in die

eigentlich kalt wirkende geräumige Kellerbar
schallte ihm laute Musik entgegen. Er sah sich um
und gesellte sich zu Axel Claus. Der stand neben
Jürgen Buhl. Die beiden Männer sahen in eine
ernste Miene „100.000 und monatlich 5.000! Das
verfluchte Weib. Und glaubt mir, das ist erst der
Anfang."
„Tja, Peter, dumm gelaufen. Die Erpressung hat
doch einen Hintergrund. Spuck aus, was ist der
wahre Grund."

Axel Claus ist Handwerksmeister. Bekommt von
Jürgen Buhl, Sachbearbeiter im Hochbauamt, viele
Aufträge. Meist ohne Angebot und wenn, dann
waren die Preise abgesprochen. Die „Gefälligkeit"
der Preisgabe der weiteren Mitbieter war vielfältig.
Urlaubsreisen, Hamburg-Reeperbahn, Techn.
Geräte. Peter Graf wusste davon. So hatte er
Jürgen Buhl in der Hand. Kam so an große
Ausschreibungen heran. Der Ablauf danach war
ähnlich. Wenn cs unter den Bietern keine Einigung
gab, wurde eine „Arge" gegründet. Eine
Arbeitsgemeinschaft. Abgesegnet vom
Vergabeausschuss. Deren Mitglieder waren auch
Dauergäste in dem „Club" an der Schwachhauser
Heerstr.

„Es gibt da mehr. Scheidung kommt nicht infrage,
du kannst dir denken, warum nicht. Die will Kohle
ziehen. Da gibt es einen Jungen."
„Er ist von dir?"
„Ingrid behauptet es, ja, kann sein." Der Mann vom

Hochbauamt schaltete sich ein. „Die Frau ist eine tickende Zeitbombe. Die kann einen Skandal verursachen. Das kann die neue Ampelkoalition in der Bremer Bürgerschaft sprengen."

In der Tat brachte die Wahl in 1991 der SPD den Verlust der Alleinregierung. FDP und Bündnis 90/ DIE GRÜNEN wurden gebraucht. Peter Graf rang sich ein Schmunzeln ab. „Ob die fünf Jahre durchhalten? Die SPD sieht Bremen seit 40 Jahren Alleinregierung als „Beute". Die können keine Koalition. Und die GRÜNEN und die FDP unerfahren im Regieren. Das kann nicht gut gehen."
„Ja, sehe ich auch so. Vor allem in der Städteplanung gehen die Vorstellungen von FDP und GRÜNE weit auseinander. Naturschutz und Wirtschaft. Das wird eine Kollision geben."

In den Köpfen der drei Männer kreisen nun für einige Minuten die bekannten Ereignisse aus der betriebenen Vetternwirtschaft in Bremen. Bauland-Skandal, NEUE HEIMAT Skandal. Mit einem SPD-Parteibuch ging viel. Die Bürgerschaft hat oft für Schlagzeilen gesorgt. Skandale, Skandälchen, Affären, Tumulte, Rücktritte, Kuriositäten. Und immer wieder die Diskussion um den Status des eigenen Bundeslandes. Die enorme Verschuldung des Stadtstaates. Zunehmend, Aussicht auf Besserung nicht in Sicht.

Peter Graf war es, der die Männer wieder ins Jetzt brachte.

„Wir sitzen alle im gleichen Boot. Also sollten wir gemeinsam das Problem lösen."
„Zahlen? Auf keinen Fall."
„Der Frau Angst machen. Mal zwei Rumänen vorbeischicken. Die machen einiges für einen Tausender."
„Spinnt du jetzt total?"
„Nein, ich bin ein Realist."
„Hat der Junge dich schon mal gesehen?"
„Weiß nicht, möglich."
„Das ist nicht gut!"

Dann gab Peter Graf Details von seinem Plan. Er hatte in der Wohnung von Ingrid die Eintrittskarte zum MJ-Konzert am 8. August gesehen. Ein Konzert der MJ Dangerous Word Tour.

„Vor dem Haus wird ein Transporter stehen. Wenn Ingrid an ihm vorbeigeht, wird sie gegriffen und hineingezogen. Der Wagen wird in ein Waldgebiet fahren. Bestens geeignet ist die „Bremer Schweiz"."
„Du willst also, dass Ingrid..........?"
„Abfallbeseitigung, etwas Besseres fällt mir dazu nicht ein."

Einige Tage später

Im Vergleich zum flachen Bremer Stadtgebiet und der nahen Umgebung aus Marsch und Moor erreicht die Bremer Schweiz Höhen bis fast 50 Meter. Die hügelige Waldlandschaft im Norden Bremens grenzt an den Landkreis Osterholz und die Gemeinde Ritterhude sowie den Ort Schwanewede.

In der Nähe der Ansiedlung Rutenhof, auf dem Weg „Im Schlachtenmoor", liegt ein großer, dicht und sehr hochgewachsener Wald. Durch einen Hund eines Jägers wurde ein junges, ausgelöschtes Leben gefunden.
Die Ermittlungen in dem Tötungsdelikt leitete Sönke Gerhardt. Hinzugezogen wurde vom LKA Dieter Grams. Als Todesursache wurde eine Rauschgiftüberdosis festgestellt. Der Tod trat durch Atemstillstand ein.

Bei Ingrid wurde ein Heroinbesteck gefunden. Sie trug ein weißes Kleid. Saß angelehnt an einem Baum. Ihr Haar war in einen Dornenkranz gebunden. Umfangreiche Zeugenbefragungen im Umfeld von Ingrid brachten den Ermittlern keine Erkenntnisse, die auf ein Tötungsdelikt hinwiesen.

Der Fall wurde als Suizid zu den Akten gelegt.

Ein Monat später

„**D**u sollst doch hier nicht auftauchen. Spinnst du?"

Peter Graf war nicht entgangen, dass der Rumäne nicht alleine gekommen war. Vor seinem Auto stand der andere Rumäne. Ein breitschultriger Koloss. „Wer gute Arbeit gemacht hat, dem steht doch eine Lohnerhöhung zu. Oder wie ist die Handhabung bei euch im Baugewerbe?"
„Es geht also um Kohle. Das Vereinbarte wurde gezahlt. Mehr ist nicht drin."
„Denkt wer?" Peter Graf erkannte, dass es ein Fehler war, die Rumänen zu beauftragen. Eine Wut wallte in ihm auf, er knirschte mit den Zähnen. „Und um wie viel geht es nochmal?"
„Amigo, das Leben ist teuer. Ich hab Frau und Kinder. Ein Mensch ohne Träume ist wie ein Boot ohne Segel. Du hast viel Kohle. Amigo, Freunde teilen. Nicht alles. Sagen wir 100.000. Unter Freunden, verstehst du? Wenn du nicht verstehst, auch kein Problem. Dann sind wir keine Freunde mehr. Deine Entscheidung. Du hast einen Tag Zeit. Wir sehen uns."

Der Rumäne stieg in sein Auto ein, das mit laufen gelassenem Motor parkte. So schnell wie der schwarze BMW kam, so schnell verschwand er wieder.

„Scheiße, Scheiße!"
Peter Graf nahm sein Handy und rief zwei Leute an. „Gibt Redebedarf!"

Nachdem Peter Graf das Telefonat beendet hatte,
warf er seinem Hund einen Knochen hin. Der
klopfte freudig mit der Rute auf den Boden. Mit
zwei Schlucken leerte Peter Graf ein BECKS.
Irgendwo aus der Ferne hörte er den Ruf einer Eule.
Er nahm sich eine zweite Flasche und leerte auch
diese hastig. Er drehte die Stereo-Anlage auf und
legte sich aufs Bett.

Am nächsten Tag

Die Haustür stand einen Spalt offen. In kurzen
Abständen trafen Axel Claus und Jürgen Buhl ein.
Peter Graf starrte an die Decke. Es war harter
Tobak, der zu besprechen war.

Die Begrüßung fiel eher reserviert aus. Der böse
Gedanke verfestigte sich bei Peter Graf. Der
Rumäne muss ausgeschaltet werden. „Hallo, geht
es noch? Die arbeiten nie allein. Bestimmt steckt
eine Bande dahinter."
Jürgen Buhl bekräftigt die Aussage von Axel Claus.
„Klar doch, die kamen zu zweit, ein Mann saß im
wartenden BMW." Peter Graf suchte nach einer
Lösung. „Zahlen? Was meint ihr?" Peter Graf
wusste im Inneren, dass es bei 100.000 nicht
bleiben wird. „Wir können den Rumänen einen Deal
anbieten. Sie bei ihren Geschäften

unterstützen!"

„Und das wäre?"

„Ihr Geschäft ist die Erpressung. Sie bieten dafür
Schutz an. Lösegeld von Unternehmen und
Institutionen wird gefordert."

„Spezialisiert auf Schutzgelderpressung. Scheiße!"

„Schutzgelderpressung heißt nicht nur, dass es um
regelmäßige Zahlungen bestimmter Geldbeträge
geht. Es wird auch Beteiligung am ganzen
Unternehmen gefordert. Möglich auch eine
Betriebsverlegung oder Einschränkung oder
Erweiterung des Geschäftsbetriebes. Das Opfer
wird zum Schweigen verpflichtet."

Axel Claus ergänzt: „Ich kenne einen Handwerker.
Anfangs ging es um einen Auftrag. Dann wurde ein
latenter Zwang aufgebaut zum Einkauf bestimmter
Waren, natürlich bei einem bestimmten Händler.
Zu überhöhten Preisen versteht sich. Alles wird mit
Verträgen unterlegt."

Allen Männern ist bewusst: Vor einem Mord
schrecken die Rumänen nicht zurück. Allen ist
klar, es war ein Fehler, die Rumänen die
Drecksarbeit machen zu lassen.

Peter Graf hörte die Haustür knarren. Beim Öffnen
wehte trockenes Laub herein. Sein Herz begann
höher zu schlagen. „Amigo!" Der Rumäne ging auf
Peter Graf zu und umarmte ihn. Grafs Lippen
zitterten. „Ist was, Peter?"

„Oh, Hallo. Du hast Besuch bekommen?"

Der zweite Rumäne, ein Mann, wie ein Schrank, stellte sich hinter dem anderen.

„Wir sind für ein Geschäft hier. Unser Freund zahlt den Preis. 100.000. Ein Pappenstil. Oder, Amigo?"

„Schon okay, ich mache gerne Geschäfte mit euch."

Dann offenbart Peter Graf die Idee zu einer Zusammenarbeit. Der Rumäne reicht allen drei Männern die Hand. Der Hüne schlägt sie jeweils durch.

„So läuft das bei uns, Amigo. So laufen Geschäfte unter Freunden. Ach so, für unsere Spesen. 10.000. Okay?"

Es war okay. Peter Graf öffnete den Safe und entnahm ein Bündel Geldscheine.

Wieder im Jahr 2024

8

Bremen

Für mich war an diesem Wochenende kurz nach
Ostern „Waldbaden" angesagt.
Der Wald wird von vielen Menschen als die stärkste
ursprüngliche Natur für die Suche nach Erholung
angesehen. Auch ich suchte Entspannung.
Entschied mich spontan, was meinem Freund gar
nicht gefiel. Ich packte meinen Rucksack. Ordnete
die Zeltausrüstung. Deckte mich mit Proviant für
zwei Tage ein.

Ein Drittel der Fläche von Deutschland ist
bewaldet, ca. 11,4 Millionen Hektar. Die
Basisleistung ist die Fotosynthese, die
Sauerstoffproduktion, der Kohlenstoffspeicher.
Element für den Klimaschutz. Der Regulator.
Lieferant für Holznutzung, Wirtschaftsfaktor,
Jagdgebiet. Tourismusvielfalt bis hin zum
Bestattungsgebiet. Wahrhaftig ein Eldorado für
Pilz- und Beerensammler, Tierfreunde und
Aktivsportler. Der Wald bietet dem Menschen also
ein ganzes Leistungsbündel.

Okay, ich gebe zu, nur der Erholung gewidmet war
der Wochenendausflug nicht. Ich wollte verstehen.
Es sind Hindernisse und Ärgernisse, die das Glück
nehmen, Ängste und Werte, die Entscheidungen
und damit unser Verhalten bestimmen. Gerade im
Wald gibt es unheimlich viele unterschiedliche
Blickwinkel. Sie helfen dabei, in die dunklen
Bereiche des Geistes vorzudringen. Ich will
versuchen, in den Geist des Waldmörders zu
gelangen. Legt er die Leichen im Wald ab, um seine

seelischen Wunden zu heilen? Sind seine Motive
Grundlage psychologischer Wurzeln? Sucht er
bewusst das Wald-Szenario als mystisch-
emotionale Komponente? Hat er sie in seinen
Träumen manifestiert?

In der Psychoanalyse wird der Wald als Spiegel des
Unterbewusstseins betrachtet. Er gilt als Symbol,
in dem viele der Phobien entstehen. Ängste
entstehen vor Dunkelheit, Nebel, Versinken oder
dem Fall in ein Loch. Den Begegnungen mit der
Insektenvielfalt oder wilden Tieren. Ich will den
psychologischen Leiden des Täters auf die Spur
kommen.

Ich suche eine mystisch wirkende, ruhige
Umgebung von hohem Waldbewuchs. Ein
fantastischer Anblick durchreißt meine Sinne. Mein
Blick fällt auf das mystisch erleuchtete Laub,
hervorgerufen durch die durchdringenden
Sonnenstrahlen. Etwas abseits von dem sehr hellen
Sandweg richte ich meinen Übernachtungsplatz
ein. Ich visualisiere komplett die Umgebung,
schaue jeden Baum, jeden Strauch an. Identifiziere
mich mit der Natur. Gibt es eine Ordnung? Was hat
der Wald für einen Zustand? Ist er gesund? Ist er
krank? Gibt es Leben in ihm? Gibt es Wildwuchs?
Warum suchte ich das Waldgebiet Bremer-Schweiz
auf? Ich weiß es nicht. Es war eine Eingebung. Ich
träumte von einem riesigen Baum. In dem dicken
Stamm war eine Öffnung. Eine Tür. Helles Licht
schien mir entgegen, als ich sie öffnete.

Ich trat langsam ein. Sah mich um. Erblickte eine
grüne Wiese. In der Mitte stand ein riesiger Baum.
Ich sah eine Frau, angelehnt an diesem Baum. Sie
trug ein weißes Kleid. An ihrer Seite kniete ein
kleiner Junge. Er weinte. In der Hand hielt er einen
Würfel.

Zur selben Zeit

-DIE BESTIE VON BREMEN-

Genüsslich verfolgt der Mann die diversen
Überschriften der Tagespresse. Einige Artikel
schneidet er aus und heftet sie an die Fotowand.
Mit ernster Miene betrachtet er den ins Alter
gekommenen Benno.

„Mein Kluger, du hast Ingrids Geheimnis gut
bewahrt." Er entschließt sich, die verstaubte
Latzhose des Teddybären zu waschen. Er entnimmt
die inmitten des Bauches liegende CD.
„Ingrid, dein Tod wird gerächt und auch aufgeklärt
werden, das verspreche ich dir."

Wenig später schob er eine CD in den Computer.
Las erneut abgespeicherte Dateien. Er öffnete sie
nacheinander, was Ingrid abspeicherte.
Insbesondere umfangreiche Fotosammlungen.

Darunter auch Videoaufnahmen.
Eine Datei hatte die Bezeichnung *Für Krümel*.

Der Mann wischte sich erst den Schweiß von der Stirn, dann einige der gekommenen Tränen. Er fragte sich: „Mutter, mit welchen Leuten hast du dich eingelassen?"

Für Krümel

Mein Sohn, es ist durchaus möglich, wenn du diese Zeilen liest, dass ich nicht mehr am Leben bin. Ich wusste, dass du Benno gut aufbewahrst und sein Geheimnis entdecken wirst. Ja, er trägt die Wahrheit in sich. Sicherlich wird sie verschleiert. Mein Tod soll dich nicht zur Ruhe kommen lassen. Ich kann dir nur auf diesem Wege Auskunft geben. Es tut mir leid, ja, es tut mir sehr leid. Hast du den Würfel gefunden, den Benno in sich trägt? Er symbolisiert die sechs Seiten des Bösen im Menschen.

-Moralische Verwerflichkeit

-Betrug

-Wollust

-Geldgier

-Herrschsucht

-Zügellosigkeit

Du findest in meinen Aufzeichnungen dazu die passenden Menschen. Ich geriet in den Fängen dieser teuflischen Wesen, der Strudel riss mich mit. Es ist unfassbar, aber wahr. Beamte, Schöffen, Unternehmer, Politiker. Drogenhändler, Prostituierte. Die Liste ist lang. Du wirst deinen Weg im Leben finden. In Liebe, Ingrid.

Er las den Brief mehrfach und fasste einen weiteren folgenreichen Entschluss. Natürlich wusste er, dass der Fundort seiner Mutter im Waldgebiet Bremer Schweiz lag. Drei Würfel hatte er noch. Er fügte seiner Fotowand weitere Fotos hinzu. Recherchierte im Netz und in den sozialen Medien. Druckte die Texte aus. Zwei Männer wurden in seinem Geist lebendig. Peter Graf und Axel Claus. Angestrengt überlegte er, wer für den letzten Würfel infrage kommt. Entschied sich dafür, sich noch Zeit zu lassen. Drei Frauen, drei Männer. Das bohrte sich in seinem Kopf fest.

-Moralische Verwerflichkcit

-Betrug

-Wollust

-Geldgier

-Herrschsucht

-Zügellosigkeit

„Ingrid, diese sechs Parameter werden bedient!"

Der Mann druckte die Wörter in Großbuchstaben und dickem Schriftbild aus und heftete sie an die Fotowand. Er zündete eine Kerze an und stellte sie zu dem Bild seiner Mutter. Es zeigte die beiden aus glücklichen Tagen. Für den kommenden Tag plante er eine Fahrt zur Bremer Schweiz ein. Er wollte sich hinreichend über die Beschaffung des Waldgebietes informieren. Insbesondere die Lage der Wege, Hütten, Teiche. Und vor allem die Lage von gefälltem Holz und den gelagerten Stapelungen.

Am nächsten Tag

Bremer Schweiz

Ich zog den Reissverschluss meines Schafsackes auf. Schlüpfte noch schlaftrunken heraus und goss mir erst einmal eine Flasche Wasser über den Kopf. Mein Traum schwirrte noch in meinen Gedanken herum. Wieso träume ich so etwas? Welche Macht ist hinter einem Traum zu vermuten? Wer will mir etwas mitteilen? Etwas, das im Verborgenen schlummert, in meinem Unterbewusstsein verankert ist und sich seinen Weg in mein Bewusstsein bahnt? Oder ist es etwas, was ich erlebt habe oder was noch vor mir liegt?

Ja, die letzte meiner Schlafphasen hatte es in sich. Mein REM-Schlaf, mein Traumschlaf. Ich weiß, er tritt oftmals auf. Meine Atemfrequenz ist erhöht und ich erlebe die intensivsten Träume, an deren Inhalt ich mich nach dem Aufwachen erinnere. REM ist ein englischer Begriff. „Rapid eye movement". Die Bezeichnung kommt von den sehr schnellen Augenbewegungen, die Schlafende trotz geschlossener Augen aufzeigen.

Ich liebe meinen Beruf. Sehe ihn als Berufung. Polizeipsychologie ist ein Teil der Rechtspsychologie, insbesondere der Gebiete: Forensische Psychologie und Kriminalpsychologie. Konzentriert auf den Umgang mit physisch gestörten Tätern. Dazu gehören Geiselnahmen und Gewaltkriminalität. Ich werde für die operative Fallanalyse herangezogen. Insbesondere bei ungeklärten Verbrechen, um neue Ermittlungsansätze zu erhalten. Mein Spezialgebiet ist das COLD-CASE-MANAGEMENT. Es dient u.a. dazu, ein Täterprofil zu erstellen und Serienstraftaten zu erkennen.

Höhepunkt eines COLD-CASE in Bremen war 2011. 1971 gab es einen Fall in Bremen. Ein mutmaßlicher Täter wurde verurteilt. Das Gericht sprach Jahre später in einem erneuten Prozess den Verurteilten frei. Das Verfahren musste wiederholt werden aufgrund eines Formfehlers. Ein Schöffe wurde falsch besetzt. Durch Auswertung von Spurenakten war auch ein anderer Täter im Visier der Ermittler. Monatelang wurden im Hintergrund Haupt-, Neben- und Spurenakten von der

Staatsanwaltschaft und Kriminalbeamten ausgewertet. Eine Spurenakte fiel aus dem Rahmen. Neue Vernehmungen von Zeugen ließen ein Alibi platzen. Der wahre Täter wurde festgestellt. Eine DNA, sichergestellt an der Kleidung des Opfers, konnte zugeordnet werden. Sie wurde bereits 1971 beim Bundeskriminalamt in Wiesbaden gesichert und herangezogen. 2011 wurde der wahre Sachverhalt der Öffentlichkeit preisgegeben. Zur Verantwortung konnte der Mann nicht gezogen werden. Er war im Jahr 2003 verstorben. Nachforschungen ergaben, dass er u.a. häusliche Gewalt und Vergewaltigungen begangen hatte. Die mittlerweile geschiedene Ehefrau brach ihr Schweigen.

Tja, es ist leider so. In Bremen passieren viele Morde im Jahr. 2022 waren es 16. 2018 sogar 26 Fälle. Im Jahr 2020 waren es 18. Es gab aber auch ein besseres Jahr. 2014 mit 6 Fällen. Leider sind über 30 Mordfälle nicht aufgeklärt. Über 70 COLD CASES sind in Arbeit! Es gibt Untersuchungs-Haftbefehle und Vollstreckungshaftbefehle. Täter haben sich abgesetzt, bei Wiedereinreise werden die Haftbefehle vollstreckt.

Furchtbar, mehrere Frauen werden seit Jahren in Bremen und Bremerhaven vermisst. Aufwendig wurden Waldgebiete und Teiche durchsucht. Ja, es gibt sie, die Serientäter. In Bremerhaven starben mehrere 80-jährige Frauen. Der später überführte Täter tötete sie in nur 14 Tagen.

Ich weiß von Fällen, an denen ich mitwirkte, wo
über 1000 Spuren auszuwerten waren. Leider gibt
es sie, die Kriminalfälle, die in die Bremer
Justizgeschichte eingingen. Was hat diese
Menschen angetrieben, ihre Taten zu begehen?
Normale Bürger, auf den ersten Blick. Verheiratet.
Auch Väter darunter. Der „gute Mann von
nebenan". Das Böse ist auf den ersten Blick nicht
zu erkennen.

Ich kochte mir einen Kaffee. Meine Erinnerungen
an meine Teilnahme und die Erlebnisse von einem
speziellen Outdoor- und Wildnistraining nahmen
von mir Besitz. Eine Überlebensausbildung
bedeutet zu lernen, überleben zu wollen und auch
überleben zu können. Eine wahrhaftige
Vielseitigkeitsprüfung. Lernen, in der Lage zu sein,
Notnahrung und Wasser zu finden, Feuer zu
entfachen, eine Notbehausung herzurichten. Dazu
kommen Übungen für die mentale und körperliche
Fitness. Entscheidend, um den Herausforderungen
in Notsituationen standzuhalten. Und gewachsen
zu sein.

Ich lernte, die Natur zu verstehen. Tauchte ein in
die vielen Geheimnisse der Natur. Begann die
ökologischen Zusammenhänge, die Sprache der
Natur zu entschlüsseln und zu verstehen. Eine
wahre Inspirationsquelle. Ich lernte meine Grenzen
zu entdecken und zu überwinden. Entwickelte
Ideen, um Probleme jeglicher Art zu lösen.

Die Natur ist eine Vorratskammer. Essen ist zu finden an Bäumen, Sträuchern, Flussläufen. Und das in großer Fülle. Sie lässt uns überleben. Wenn, ja, wenn wir nach den richtigen Dingen suchen. Gebraucht wird aber auch Know-how, das Essen zuzubereiten. Wissen über Feuerkunde, Werkzeugbau und Messer. Wir bewegen uns im Alltag leider häufig wie mit Scheuklappen durch das Leben und die Natur. Haben verlernt, unsere Augen zu öffnen, den Geist offenzuhalten. Wie ist von Hippokrates überliefert? „Die Natur ist eine unerschöpfliche Quelle der Gesundheit und des Heils. Wir müssen nur lernen, sie zu verstehen und richtig zu nutzen". Wir leben fast zu 90 % als Menschen in geschlossenen Räumen. Mit dem Survival-Training lernte ich eine Kunst, die ich auf alles anwenden kann, was mir begegnet.

Die aufsteigende Morgensonne hüllte mich auf meinen Sitzplatz auf einem Baumstumpf wie in eine Decke aus goldenem Geflecht. Meine Ohren lauschten dem einsetzenden Gesang der Vögel. Ich hatte jegliches Zeitgefühl verloren. Geduldig lauschte ich den vielen Geräuschen im Wald. Sah in Lichtungen, fokussierte mich auf das Unterholz. Plötzlich entdeckte ich einen Fuchs. Er war nicht ängstlich, hatte er von meiner Ruhe und Gelassenheit Notiz genommen? Ich sah in seine goldenen Augen. Sie wirkten geheimnisvoll auf mich. Mir wurde klar, alles Leben auf der Welt ist miteinander verbunden. Wenig später beobachtete ich, wie eine Spinne fleißig an ihrem Netz baute.

Mein Vorhaben, dem psychologischen Leiden des
Täters auf die Spur zu kommen, hatte ich für kurze
Zeit aus den Augen verloren. Ich versuchte zu
verstehen, was mit mir passierte. Ich wurde
zunehmend innerlich ruhig und gelassen. Fühlte
mich kraftvoll und voller Energie. Nur ich, der
Wald, die Stille und das Sinnfinden über diese
andere Welt. Die sinnvollen Geräusche, die ich
wahrnehme. Das sanfte Rauschen der Blätter, das
aufgeregte Zwitschern der Vögel. Lausche nach
ihrer Kommunikation. Was haben sie sich zu
sagen? Ich beobachte die zahlreichen Libellen, die
ihr Hoheitsgebiet über den Teich behaupten.

Ich begab mich auf einen Pfad, er wirkte magisch
und geheimnisvoll. Die Bäume ragten hoch in den
Himmel. Ich setzte mich auf einen Baumstumpf
und atmete tief ein und langsam wieder aus.

Einige Stunden später

Grenzenlos überzeugt von seinen weiteren
Vorhaben fuhr Hotte in das Waldgebiet Bremer
Schweiz. In seinen Gedanken lebte er den kleinen
Krümel.

Er parkte sein Fahrzeug, schwang seinen Rucksack
auf den Rücken. Der Mitte Dreißigjährige trug
einen Outdoor-Anzug in dunklem Oliv.

„Die Erde gehört nicht den Menschen, der Mensch
gehört zur Erde. Alles ist miteinander verbunden.
Ja, so wie das Blut einer Familie."
„Das haben sie schön gesagt." Stefanie Wolter
musterte kurz den Mann, den sie auf Mitte dreißig
schätzte."
„Ist das ihr Zelt?"
„Ja, ein Wochenende Waldbaden."
„Sie sind am Wandern?" Stefanie Wolter
interessierte sich. „Natur ist heilsam, nach einem
stressigen Arbeitstag abschalten, neue Kraft
tanken. Ein Aufenthalt im Grünen dafür ideal."
„Was machen sie denn beruflich?"
„Ich bin an einem Institut tätig."
„Gibt es da Stress?" Der Mann nickte kurz.
„Und bei Ihnen, was ist ihr Job? Ich hoffe, ich bin
nicht zu neugierig."
„Ich war doch zuerst neugierig." Stefanie Wolter
überlegte. Der Mann schien vertrauenswürdig. „Ich
bin Beamtin. Okay, genauer gesagt Polizistin."
Der Mann lächelte.
„Okay, verstehe, da hat man natürlich als Frau
keine Angst allein im Wald."

Ich reflektierte das Gespräch über die Jobs, für eine
erste Begegnung nicht ungewöhnlich. „Ich bin Teil
einer Ermittlung. Einer unserer Mordfälle an einer
Prostituierten hat mit dem Wald zu tun."
„Sie denken nach?"
„Ja, tut mir leid, ich muss das Zelt abbauen. Sie
wollen doch auch weiter."
„Ich helfe ihnen gerne."

Am nächsten Tag

9

Syke

Langsam erwachte ich. Vernahm einen in der Mitte des Raumes stehenden Operationstisch. Ich spürte eine Handschelle. Sie war verbunden mit einer Kette. Es fühlte sich kalt an. Ängstlich schaute ich zur Seite. Oh mein Gott! Eine Wand voller Fotos. Schwarz-Weiß. Auch farbige Bilder. Ich sah die Überschrift:

THE CLEANER

Die Fotos waren Personen zugeordnet. Auffallend immer dabei das Zeichen, ein **X.**

Was war mit mir geschehen? Ich versuchte, meine Gedanken zu ordnen. Ich war in der Bremer Schweiz. Und dann? Was war geschehen?

„Du kannst mir behilflich sein. Lass es einfach
geschehen, was hier passiert."
Die Stimme. Ich glaubte, sie schon einmal gehört zu
haben. Der Mann trug eine Gasmaske, verdeckte sein
Gesicht. Dass er sich nicht zu erkennen gab, stärkte in
mir die Erwartung, besser die Hoffnung, am Leben zu
bleiben. Denn warum sollte er mich umbringen.
Ich muss es versuchen. „Menschen haben Probleme. Ich
verstehe sie."

Ich versuchte, den Mann nicht zu provozieren. „Du
kannst mit mir über alles sprechen. Ich arbeitete als
Polizei-Psychologin und kann dir helfen."
Der Mann sprach leise. „Ich weiß. Wir haben uns nett
unterhalten. Deshalb bist du hier." Ich dachte nach.
„Habe ich eine Chance, in das Seelenleben des Mannes
einzudringen?"
Meine Gedanken überschlugen sich. Ich schaute auf die
Fotowand. Oh, mein Gott. Ist der Mann der gesuchte
Waldmörder? Tritt er, „THE CLEANER", als der Reiniger
auf? Mir wurde meine Situation immer deutlicher. Wie
hat der Mann mich in seine Gewalt bekommen? Was hat
er mit mir vor?

Zur selben Zeit

Bremen

Sven Lohner ist außer sich. Er hatte schon
mehrfach versucht, seine Freundin telefonisch zu

erreichen. Fehlanzeige. Er stand von Beginn an nicht hinter der Idee von Stefanie, ein „Waldbaden" durchzuführen. Sich ganz alleine in einem für sie eher unbekannten Waldgebiet aufzuhalten, im Zelt zu nächtigen, sich unter Umständen unnötig in Gefahr zu bringen. Was er wusste, war nur das Zielgebiet: Die Bremer Schweiz. Und die ist groß. Er drang bei seiner Freundin nicht durch, sie empfand den Wochenendausflug als nötig. Die außergewöhnlichen Ermittlungsmethoden seiner Freundin stießen nicht nur bei ihm auf Unverständnis. Selbst nach dem Psychospiel im Fall des Moormörders Martin Hellweg, ihrer Geiselhaft, änderte sie ihre Einstellung nicht. Im Gegenteil, sie fühlte sich eher bestätigt. Er entschloss sich vorerst positiv zu denken. Mit fortgeschrittener Zeit, die Rückkehr von Stefanie plante er für Sonntag gegen 18 Uhr ein, wurden seine Sorgen größer.

„Sven, was gibt es?"
„Sorry, die Störung am Sonntag, ich habe den Kontakt zu Stefanie verloren. Kein Handyempfang, keine Info von ihr. Und vor allem, keine Rückkehr zur verabredeten Zeit."
„Ja, Sven, das ist merkwürdig. Was hatte sie vor?"
„Waldbaden", so nennt Stefanie es. Tief eintauchen in die Natur. Natürlich dient es auch der Arbeit an dem aktuellen Fall, den Ermittlungen zum Waldmörder."
„Sven, du kennst das Prozedere. Gib eine

Vermisstenanzeige auf. Ich kümmere mich, wir fahren das ganze Besteck auf." Noch in der Nacht startete ein Polizeihubschrauber. Das Zelt von Stefanie Wolter wurde gesichtet, ebenso das abgestellte Fahrzeug.

Einige Stunden später

In den frühen Morgenstunden startete eine Polizeisuchaktion aus 60 Beamten. Sie durchstreiften das Gelände. Mit Stöcken sondierten die Beamten den Waldboden. Spezialisten suchen nach Spuren. Nach auffälligen Planen wurde gesucht. Auf den Bildern der Drohnen sind sie blau markiert. Oftmals dient es jedoch nur zur Abdeckung von Holz. Weitere 60 Beamte wurden eingesetzt, sie suchten in den angrenzenden Gebieten. Jedes Waldstück wurde durchsucht. Drohnen waren unterwegs, um Erdhügel aufzuspüren. Auch nach Stellen, wo vor Kurzem gegraben wurde, wurde gesucht. Beamte werteten Tausende Bilder aus. Es fand die umfangreichste Suche nach einer Vermissten statt, die es in einem Waldgebiet in der Umgebung von Bremen gegeben hat. Noch bis in die Dunkelheit hinein wurde gesucht, dann vorerst am Boden abgebrochen. Ein Hubschrauber mit ausgestatteter Wärmebildkamera war die ganze Nacht unterwegs.

Die Piloten der Polizeifliegerstaffel aus Niedersachsen (PHuStN) unterstützen ihre Kollegen und Kolleginnen aus der Luft. Vom Standort in Oldenburg sind sie in etwa 30 Minuten im Bremer Gebiet einsetzbar. In der Nacht mit besonderer Effektivität, da mit Nachtsichtgeräten und Wärmebildkameras Details aus der Luft erkannt werden, die den eingesetzten Polizisten am Boden verborgen bleiben. Wärmebildkameras können geringste Temperaturunterschiede am Boden oder auf dem Wasser erkennen. Eine Livebildkamera überträgt zusätzlich alles in die Leitstelle zum Einsatzleiter. So ist eine visuelle Betrachtung der Lage möglich.

Sven Lohner erfuhr, dass die Polizei mittlerweile von einem Gewaltverbrechen ausgeht und in alle Richtungen ermittelt.
Stefanie Wolter wurde nicht gefunden. Aber Kommissar Zufall half. Ein Cold-Case Fall. Eine seit Jahren vermisste Frau wurde entdeckt. Sie war vergraben worden. Immerhin, es gab noch Hoffnung, Stefanie Wolter lebend zu finden.

Die Polizei ging nunmehr davon aus, dass Stefanie Wolter abtransportiert wurde.

Zur selben Zeit

10

Syke

Ein Traum wurde zum Albtraum. Ich spürte eine Enge in meinem Körper. Eine spürbare Angst wurde real. Sie nahm mir die Luft zum Atmen. Ich fühlte mich wie auf einem Pfad. Auf einem Weg, die innere Balance zu verlieren. Meine erlebten Glücksmomente waren davongeflogen. Mein Energiebarometer sank ab ins Uferlose. Ich musste jetzt nach den Regeln eines Psychopathen spielen. Mitspielen, ja, wenn er es zulässt. Habe ich im Wald das falsche Programm gewählt? Mich im Modus vergriffen? Mich im „Passiert schon nichts Modus" befunden.

Ich versuchte neue Kraft zu finden, indem ich an meinen Freund dachte. Ob mich Sven schon sucht oder suchen lässt? Vernahm, dass die Tür zum Raum sich öffnete. Mein Entführer trat langsam ein. In der Hand trug er einen Korb. Über den Inhalt bekam ich schnell Gewissheit.

Der Mann stellte zwei Weingläser auf den Holztisch,
der mit zwei Stühlen in der Ecke des Raumes
stand. Dann entkorkte er eine Weinflasche. Ich
hielt die Situation makaber, freundete mich aber
mit ihr schnell an. Der Mann bedeutete mir, zu
dem Tisch herüberzukommen. Die Länge der Kette
ließ es zu. „Setz dich!" Der Mann nahm aus dem
Korb eine weiße Langstielkerze und zündete sie mit
einem Streichholz an. „Ein Glas Wasser wäre
besser" druckste ich zaghaft vor mir hin. „Gerne."

Wenig später kam mein Entführer mit einer Flasche
Mineralwasser in der Hand in den Raum zurück.
Der Lichtschein der Kerze brachte den Raum in
eine mystische Stimmung.
„Ich habe mich über dich informiert. Besser gesagt
über den Fall Martin Hellweg. Den hast du ja
praktisch gelöst. Ich wollte dich kennenlernen. Es
war geplant, dir zu begegnen. Das Treffen im Wald
war ein Zufall."
Unter seiner Gasmaske klang die Stimme meines
Gegenübers gequält. „Du kannst mich Hotte
nennen. Es ist Jahre her. Die Zeit, wo mich meine
Mutter Krümel nannte."

Ich sah, wie der Mann sein Glas zum Anstoßen
erhob. Ob mir das jemals jemand glauben würde?
Ich sitze angekettet dem mutmaßlichen
Waldmörder gegenüber und trinke ein Glas Wein
mit ihm. Ich habe bereits einige Fragen zu den
Gesprächsinhalten gestellt und überlegte bereits,
welche Fragen ich noch stellen sollte.

Der Mann betrachtete mich; ein unheimliches
Schweigen beherrschte die makabere Situation.
Krampfhaft erduldete ich mein Schweigen, wollte
nicht zuerst sprechen. Die gefühlte Enge in meinem
Körper löste sich langsam auf. „Noch ein Glas
Wein? Bekommt er dir?" Was sollte ich antworten?
Ich blieb bei der Wahrheit. „Ja, der Wein ist sehr
gut. Bitte noch ein Glas davon."
„Das höre ich doch gerne. Meine Mutter trank auch
gerne Rotwein." Jetzt war der Bann gebrochen. Der
Mann gab einen weiteren Hinweis auf seine Mutter.
Ich sah die Chance, nachzufragen. „Wie, trank?
Was ist mit deiner Mutter, wo lebt sie? Oder was ist
mit ihr passiert?" Der Mann brauchte eine Minute
für seine Antwort. Ich deutete das als einen
Moment des In-sich-Gehens des Mannes, der sich
als Hotte vorgestellt hatte. Mit klarer Stimme
begann mein Gegenüber zu sprechen.
„Ich war fünf, als sie ums Leben kam. Sie wurde
brutal ermordet. Die Ermittlungen der Polizei, eine
Farce. Die Tat wurde vertuscht. Ein Todesfall,
bewusst als Suizid deklariert. Ich will, dass die
Wahrheit ans Licht kommt. Und ich werde weitere
Personen zur Rechenschaft ziehen."

Mir wurde aus den ersten Erklärungen die Täter-
Opfer-Rolle bewusst. Jedes Motiv hat einen
Ursprung. Nun wollte ich mehr erfahren. Was ich
von Hotte hörte, war wie aus einem Hollywood-
Film. Seine Mutter war gefangen in einem Netz aus
Korruption, Begünstigung, Veruntreuung,
Manipulation, Bestechung. Gepaart mit Missbrauch

von Schutzbefohlenen, Drogenmissbrauch und Prostitution. Eingebunden waren honorige Personen, Unternehmer, Beamte, Personen des öffentlichen Lebens. Unfassbar für mich, aber durchaus glaubhaft dargestellt. „Du hast den Weg der Vergeltung eingeschlagen. Du bist THE CLEANER, klar, du reinigst, löscht das Böse aus. Hättest doch auch dein Wissen zu einer Anzeige bringen können." Ich konnte Hottes Gesicht nicht sehen, konnte mir aber ein Lächeln gepaart mit Unverständnis vorstellen. Seine Worte bestätigten meine Vermutung. „Anzeige? Eine Krähe hackt niemand anderen ein Auge aus.

Dann musste ich mir mehrere Minuten die Einschätzung des Mannes über den „Bremer Sumpf" anhören. Er begann mit dem Fall eines in der Drogenszene verwickelten Staatsanwaltes. Anklage? Es ist bedenklich, dass ein Diener des Staates Drogen konsumiert.
So muss ein Staatsanwalt Straftaten aufklären. Sicherlich nahezu unmöglich, wenn er unter Drogeneinfluss steht. Er hat Entscheidungen zu treffen. Er ist zudem erpressbar, aus der Szene heraus.
Noch interessanter war das Erfahrene über den Bremer-Bau-Sumpf. Eine riesige Korruptionsaffäre um die Vergabe öffentlicher Millionenaufträge. Machenschaften in Kartellformat.
Darin verwickelt, Betriebe der Stadt und einige Bauunternehmen.
Es wird vermutet, dass es Verbindungen zwischen den Senatsbehörden gegeben hat.
Der Sumpf ist vielfältig. Gesponserte Partys inklusive eingehender Betreuung an

exotischen Stränden. Unternehmen lockten mit
Vergnügungsreisen und anderen
Annehmlichkeiten. Grundlage sind „Studienreisen
und Veranstaltungen zu Weiterbildungszwecken".
Wem kann man da die Teilnahme verwehren? Für
die Unternehmen steuerlich absetzbar. Immer mehr
verstand ich, dass mit dem „Spezialwissen" die
Mutter von Hotte eine Gefahr für bestimmte Kreise
darstellte. „Ingrid wollte aus einer familiären
Notlage herauskommen, geriet in die Verlockungen
zum großen Geld und verstrickte sich damit in das
tödliche Netz. Einer Gewaltspirale ist nicht zu
entkommen, ist sie erstmal in Gang gesetzt. Solche
Kreise haben Kontakt zu kriminellen Banden.
Verwickeln sich dadurch und werden Teil von
ihnen."

Ich kam nicht umhin, Hotte beizupflichten.
„Das Ganze ist aber auch für dich nicht
ungefährlich." Hotte lachte laut. Zeigte mir einige
Würfel. „Die werden auch noch platziert. Ganz
sicher! Und für Männer habe ich mir etwas
Besonderes ausgedacht. Sie werden aufgebahrt auf
hohen Stammholzlagerungen im Wald!"
„Deswegen hast du also den Wald in der Bremer
Schweiz aufgesucht. Ja, ich habe sie gesehen, es
gibt dort viele Baumstämme, meistens an den
Bewirtschaftungswegen."
„Ja, der Wald ist nicht nur für die Erholung da, er
ist auch ein beachtlicher Wirtschaftszweig."

Ich lernte durch die Details von Hottes Beschreibung und seiner Sichtweise der Dinge die Schattenseite Bremens kennen. Ertappte mich dabei, wie ich mich mit den Vorwürfen zu identifizieren begann. Begann in meinen Gedankengängen, mich mit seiner erlebten Kindheit auseinanderzusetzen. Was war damals passiert? Welche traumatischen Erlebnisse beeinflussen seine Denkweisen und damit seine Taten? Immer mehr Fragen konnte ich mir vorstellen. Wie verlief seine Kindheit und die spätere Jugendzeit? Wie seine Ausbildung? Wo lebte und wie er? Wann fasste er seinen Plan der Vergeltung? Und warum hat er ein solches Szenario gewählt? Kann es mir gelingen, in sein Innenleben einzudringen? Ich versuchte es. Stellte die erste Frage. „Du gehst bei deinem Vorhaben sehr intelligent und durchgeplant vor. Vergeltung für die Tat an deiner Mutter, das verstehe ich. Aber warum zwei unschuldige Frauen, willkürlich ausgesucht."
„Nicht willkürlich. Sie sind Prostituierte."
„Du hast auf Prostituierte einen Hass entwickelt. Deiner Mutter wegen?"
„Ich sah alles, was die „Freunde" mit Ingrid anstellten. Ich musste mich zwar verstecken, aber meine Mutter hatte es so organisiert, dass ich aus meinem Versteck alles verfolgen konnte."
„Was meinst du, warum tat sie das?"
„Ich denke, dass sie nach dem Tod ihrer Mutter keinen Halt mehr fand. Großmutter, die ich nicht mehr kennenlernte, wurde von Ingrid erhängt

aufgefunden. Das Leben musste weitergehen. Sie flüchtete vom Alleinsein."

„Zu den Männern!" Hotte pflichtete mir bei. „Das ist gut möglich."

„Okay, und die Sozialbeamte? Frau Bertram? Was hat sie dir getan? Was veranlasste dich, sie zu töten?" Hotte schenkte Wein nach. Zögerte mit seiner Antwort. Ich musste abwarten. Den Moment abwarten, wann er bereit war, darüber zu sprechen. Ich erwartete den furchtbaren Klang seiner Stimme unter der von ihm getragenen Gasmaske.

11

Bremen

Sven Lohner zeigte seinen Ausweis.

„Ich vertrete Timo Baumann. Ist der Patient ansprechbar?"

Der behandelnde Arzt im Krankenhaus-Ost stellte klar. „Herr Baumann hat eine temporäre Amnesie. Die Erinnerung kann wiederkommen. Kann aber

dauern. Der Patient wird noch künstlich beatmet.
Das kann noch Wochen dauern, bis sich die
Atempumpe vollständig erholt hat. Er ist bedingt
ansprechbar. Wenn, dann nur unter ärztlicher
Aufsicht."
„Das würde anfangs schon helfen."

Sven Lohner betritt in Begleitung des Arztes das
von einem Polizisten bewachte
Behandlungszimmer. Er befragte mit ernster Miene
den Arzt.
„Die Operation ist gut verlaufen?"
„Wir mussten den Patienten in ein künstliches
Koma versetzen, um den Hirnstoffwechsel zu
reduzieren und so schwerwiegende Schädigungen
zu verhindern. Durch die Medikamentenreduktion
wurde er geweckt. Der nächste Schritt ist der
Beginn einer Reha, damit der Patient verloren
gegangene Fähigkeiten wieder erlernt."
„Verstehe. Er wird noch mehrere Wochen hier
verbleiben."

Der Arzt zeigte sich sehr gesprächig.
„Wenn sich der Patient so stabilisiert hat, dass er
keine Intensivbehandlung mehr benötigt, wird er
auf eine Regelpflegestation verlegt. Das Klinikum
braucht er nicht verlassen. Wir sind eine
Spezialklinik."
„Wie lange denken Sie, dass eine Rückkehr in den
normalen Alltag erfolgen kann?"
„Sie meinen, eine Rückkehr ins Geschäftsleben?"
„Gehen Sie von mindestens drei Monaten aus.
Gehen, Stehen, Laufen müssen wieder erlernt
werden, das Sprechen. Momentan kann er sich
intellektuell an nichts erinnern. Er ist seelisch und

körperlich sehr geschwächt. Es ist nicht
ausgeschlossen, dass Albträume, Halluzinationen
oder auch Psychosen auftreten. Angstzustände
können eine Depression auslösen."
„Danke für die Informationen. Das klingt alles nicht
gut."
„Ja, leider." Der Anblick des Patienten Tim
Baumann, die vielen Schläuche, die Kanülen, der
arbeitende Monitor, sind von dem sonst sehr
rational fühlenden Privatdetektiv Sven Lohner nur
schwer zu ertragen. Er entschloss sich, Jessica
Bauer zu treffen. Die Freundin von Timo Baumann
stimmte dem Treffen beim Büro in der Überseestadt
zu. Der Weg vom Büro der Reederei an der
Überseepromenade entlang zum MOLE CAFE war
etwa einen Kilometer, also hatten wir 20 Minuten
Zeit um miteinander zu reden.

Es gibt schöne Cafés in der Überseestadt und der
Umgebung. Das MOLE CAFE - Coffee Culture
gehört dazu. Das Café mit Herz.
„Kaffeeklatsch und ne lütte Pause", das gehört
dazu, wenn man in Bremens Vorzeigeprojekt
eintauchen möchte oder dort arbeitet oder
Geschäfte machen will: die Überseestadt. Nach dem
Eintreffen im MOLE CAFE suchte Sven Lohner
einen freien Tisch. Jessica Bauer setzte sich zuerst,
zögerte und blickte über die Schulter ins Leere. Für
einen Moment tauchte sie in Erinnerungen ein. „Es
gab oft Ärger. Immer ging es um das Geld."
„Ich weiß, darüber hinaus tragische Todesfälle.
Sven Lohner gibt ihr das Erpresserschreiben.

„Das ist viel Geld!"

„Es geht nicht nur um die Sicherheit der Schifffahrtsroute. Es geht um die Existenz der Reederei."

„Dieser verfluchte DIAZ-CLAN." Sie hält das Papierstück in der Hand und liest:

1 MILLION EURO
ODER LEBEN

Sie sah Sven Lohner auffordernd an. Der wartete, bis der Kaffee und die Torten serviert waren. „Die versickerte Schmuggelroute über Baumann und Wilke schmerzt den alten Diaz ebenso wie der Verlust seiner Kinder. Seine Hoffnung, Daniela, sitzt im Gefängnis. Gangsterboss hin oder her, diese Leute haben eine Ehre und die ist das Wichtigste für sie. Ganz sicher, er will Daniela aus dem Knast holen." Für eine Weile herrschte Gesprächsruhe. „Und wenn es ganz anders ist? Nur mal angenommen, hinter der Erpressung steckt nicht der DIAZ-CLAN, sondern ganz andere Leute. Timo Baumann kann in einer ganz anderen Szene verwickelt sein, irgendwie hineingeraten."

„Dann lass uns den Ansatz einmal weiterdenken."

„Ja, unbedingt. Also, der Unfall sollte eine Warnung sein. Es geht also um Geld. Und das wollen die oder der Täter weiterhin. Wie kann ihnen das gelingen? Timo Baumann ist außer Gefecht. Im wahrsten Sinne des Wortes. Leider."

„Nein, das meinst du doch nicht wirklich? Du

nimmst an, ich bin in Gefahr?"

„So sieht es aus. Du führst die Geschäfte mit ihm."

„Ja, und jetzt für ihn, das ist Scheiße!"

„Ich glaube, ich brauche einen Schnaps!"

Sven Lohner lächelte. „Auf einem Bein kann man nicht stehen." Er bedeutet der Kellnerin zwei Gläser Ramazzotti zu servieren. „Zwei Doppelte bitte!"

Jessica Bauer lächelte, trank einen großen Schluck und blickte ihrem Gegenüber über den Rand des Glases fragend an. „Ich bin ganz Ohr, was sollte ich nun tun?"

„Dein Leben, denke ich, ist nicht in Gefahr. Die verlangen das Geld. Und eine Million sind kein Pappenstiel. Die oder der Erpresser werden sich melden. Telefonisch, persönlich, per Mail, das ist spekulativ. Aber es wird schnell passieren. Eine Kontaktaufnahme ist unsere Chance, an sie heranzukommen."

„Toll, Jessica Bauer, der Köder. Das hatten wir schon mal."

„Dann hast du ja Erfahrung."

„Kann ich gar nicht darüber lachen."

„Wie war das mit dem Doppelten? Noch mal das Gleiche?"

„Es gibt ein Problem. Ich habe Bankvollmacht. Aber ab eine bestimmte Summe muss Tim Baumann mit unterschreiben. Sicherheitsmaßnahme."

„Okay, das ist ein Problem, was es zu lösen gilt. Bis zur welcher Summe kannst du alleine zeichnen?"

„250.000."

„Dann bietest du das an. Spielst mit offenen

Karten. Fängst mit Gebot von 250.000 an. Das
verstehen die. Ein Ausweg ist die Zahlung in
mehreren Tranchen. Das kannst du anbieten, wenn
die alles wollen."
„Presse und Polizei sollten herausgelassen werden."
„Lösegeldübergabe?"
„Wir leben in einem anderen Zeitalter. Elektronisch.
Coins als Währung. Du wirst es erleben. Kann auch
der Klassiker werden. Bares ist Wahres. Es sind
entweder Profis oder ein ganz armer Wicht, der ans
große Geld will. Wird sich alles zeigen!"

Jessica Bauer stellte sich den kleinen Wicht vor.
Klar, Timo Baumann und vorher auch sein Vater
haben sich viele Feinde gemacht. Sie sind über
Leichen gegangen, um ihre geschäftlichen und
auch privaten Ziele zu erreichen. Sie kann sich
vorstellen, dass es einige Menschen gibt, die Rache
nehmen wollen. Irgendwie kam ihr der Gedanke an
seinen Halbbruder. Ein Junge, der in der
Psychiatrie untergebracht ist, kann aber keine
Erpressung organisieren. Wer lebt noch von seiner
Familie? Oder gibt es einen Freund, der
eingesprungen ist? Sie schilderte Sven Lohner ihre
Gedanken. Bedankte sich für die Einladung und
die angenheme Zeit im MOLE CAFE.

12

Zentralkrankenhaus Bremen-Ost

Martin Hellweg begann zu erzählen. Erinnerte sich an seine Mutter. Er hatte Bilder aus seiner Kindheit klar vor Augen. „Mutter trieb es mit einem Postzusteller. Ich sah durch die offenstehende Tür, wie der Mann sie hob, auf den Küchentisch legte und die beiden Ihre Triebe befriedigten."

David Hellweg nahm wahr, dass sein Sohn erst stockte, aber dann deutlicher wurde.
„Ich kam gerade vom Kindergarten. Meine ältere Schwester hat mich früher als sonst abgeholt. Mutter hatte mich wohl nicht in unserem Haus vermutet."
„Ja, Martin, deine frühe Jugendzeit war die Hölle. Ich strafte deine Mutter mit häuslicher Gewalt. Du erinnerst dich, ich war beruflich als Spezialmonteur überwiegend auf Montage. So war ich auch schon mal über eine Woche im Stück fort. Deine Mutter, einige Jahre jünger als ich, zeigte sich einigen der Lieferanten und Dienstleister gerne frivol."

Martin Hellwegs Gesichtsausdruck wurde ernster.
„Ja, ich weiß, ihre roten Haare trug sie meistens offen. Eng anliegend Ihr Rock und die Bluse. Von Alkohol und Drogen wurde Mutter bereits am Vormittag angetrieben. Ich musste oft darunter leiden. Für mehrere Stunden wurde ich im früheren Schweinestall unseres Bauernhauses in Moordeich gesperrt."

„Martin, ich begann zu trinken. Deine Mutter blieb immer häufiger über die Nacht fort. Kam oft erst nach drei Tagen nach Hause. Ich bekam das alles mit. Ja, Meike und du wussten Bescheid."

David Hellweg wischte sich die Tränen aus den Augen. In seinen Gedanken spielte sich das furchtbare Unglück ab. Meike verunglückte im Moor. Martin konnte nicht helfen. Es entwickelte sich in ihm ein Hass, ließ ihn zum Mörder werden.

In den vergangenen Monaten entwickelte sich bei David Hellweg ein Schuldkomplex. Ein bedrückendes Gefühl, Schuld auf sich geladen zu haben. Sein ständiges Grübeln über das „Warum" und die Selbstvorwürfe machten ihn depressiv. Moralische Grundwerte verschwanden. Er entschloss sich ganz tief in die Vergangenheit einzudringen. Da war nun einmal der Reeder Baumann. Der Erzeuger von Martin. Gleichzeitig ein Leugner der Vaterschaft.
David wurde die Situation immer deutlicher, damit begann alles. Er entschloss sich, die „Baumanns" zu bestrafen. Gerechtigkeit einzufordern. Wenn Martin eines Tages in die offene Gesellschaft zurückkehrt, sollte er ein sorgenfreies Leben führen können. Ein Angstgefühl bei der geplanten Erpressung? Nein.

Während seiner Gedankengänge hielt David die Hand von Martin. Drückte sie ganz fest. Dass er an COPD, der unheilbaren Lungenkrankheit, litt, verschwieg er. Die „chronisch obstruktive Atemwegserkrankung" entstand berufsbedingt durch langjährige Einatmung schädlicher Partikel. Dazu kam das starke Rauchen. Vermehrt trat bei den Hustenanfällen ein Blutauswurf ein. Die Blauverfärbung zeigt auf ein Spätstadium hin. Das Lungenkrebsrisiko ist hoch, gleichwohl auch das Herzinfarktrisiko.

„Martin, ich hab noch etwas Wichtiges vor. Wir sehen uns." David hustete und ließ die Hand seines Sohnes los. Beim Verlassen des Raumes warf er noch einen Blick zurück.

Etwas später

Bremen

Der Stimmverzerrer veränderte die Stimme sehr, die Jessica Bauer vernahm. David Hellweg verbrachte einen Großteil seines Jahres in seinem Wohnwagen, der in die Jahre gekommen ist.
Er hielt den Stimmverzerrer vor das Mikrofon seines Handys. Die Tiefe seiner Stimme hatte er durch den Knopf am SPY-TECH-VC 300 geregelt.
Es ließ 14 Stimmstärken zu, hohe und niedrige. Für den Profistimmverzerrer legte er 200 Euro auf den Tisch. Eine Investition in die Zukunft von Martin.

Für seine Sicherheit hat er sein Grundstück mit Mini-DV-Full-HD Kameras mit Bewegungskennung und Nachtsicht ausgestattet. Er liest die Speicherkarte aus und bekommt Hinweise, ob und wer sich seinem Wohnwagen genähert hat oder nähert. Zu seiner Ausrüstung gehört eine Profi-Gesichtsmaske aus Schaumlatex. Sie besitzt eine realistische Hautfärbung, ist sekundenschnell aufgezogen und verändert unerkennbar sein Gesicht. Zwei Perückenvarianten, eine hellbraune und eine dunkelbraune gehören dazu.

Jessica Bauer drang mit dem Angebot in der Höhe von 250.000 Euro bei dem Erpresser durch. Der Kompromiss kam durch das Angebot weiterer Zahlungen zustande sowie die Zusage, die Polizei nicht zu informieren. Sie ist sich unsicher, ob es sich um einen Anfänger handelt oder der oder die Erpresser Profis sind. Sie traf sich mit Sven Lohner. Schilderte die Forderung des Erpressers. „Die spätere Spezifizierung der Geldübergabe zeigt zumindest eine gewisse Professionalität."
Sven Lohner hatte im früheren Erpressungsfall in der Familie Baumann seine Erkenntnisse gezogen. Zu seiner Zeit war auch Jessica Bauer eingebunden. Damals narrte Timo Baumann alle. Eine vorgetäuschte Entführung. Der Tod seines Vaters beim Liebesspiel mit Jessica Bauer sollte verschwiegen werden.

Gespannt warteten im Büro von Timo Baumann Jessica Bauer und der Privatdetektiv Sven Lohner

auf den nächsten Anruf. Auf die Details zur
Geldübergabe.

David Hellweg stellte die Stimmenverzerrung ein.
„Unsere getroffene Vereinbarung. Die Scheine alles
100er. Unregistriert. Gepackt im Rucksack.
Weiteres folgt."
„Ein 100-Euro-Schein wiegt 1,02 Gramm. 1.000
Euro wiegen somit 10 Gramm. Was hat der
Erpresser vor? 2,5 Kg sind leicht zu
transportieren."
„Bald werden wir es wissen. Er lässt dir Zeit, um
das Geld zu besorgen."

Drei Stunden später

Jessica Bauer traf in Begleitung von Sven Lohner
in der Hausbank der Reederei ein. Sie orderte die
Summe telefonisch. Die Übergabe wurde für drei
Stunden in Aussicht gestellt.
David Hellweg hatte sich etwas einfallen lassen.
Er wird den Geldboten Jessica Bauer oder einen
Beauftragten erst einmal durch Bremen schicken.
Damit Verwirrung stiften.
Der Rucksack wird dann in einem bestimmten
Moment von einer Brücke geworfen.
In dem Moment, wenn er mit einem Fahrzeug mit
offener Ladefläche auf der darunter liegenden
Straße vorbeikommt.
Das Endziel ausgetüftelt: Der sehr steile Weg von

der Bus- und Bahnhaltestelle zum Teerhof. Einzusehen ist die Wilhelm-Kaisen-Brücke. Zu beachten ist die Kennzeichnung auf dem Mauerpfeiler „422". Es ist einer der Wege zum Gästehaus der Bremer-Uni. Als Jessica Bauer die letzte Anweisung entgegennahm, verständigte sie Sven Lohner von dem Stück Fußweg, geschätzt 35 Meter mit Ansteigung. Ihr blieb nichts anderes übrig. Sie warf den Rucksack auf die Ladefläche des Mitsubishi L 200. Notierte noch das Kennzeichen. Ging aber davon aus, dass es sich um ein gestohlenes Auto handelte. Sie traf sich einige Minuten später mit Sven Lohner. Der war fassungslos. Zugleich beeindruckt von der Cleverness.

David Hellweg hatte den Wagen abgestellt, den Rucksack ausgewechselt. Mit einer Straßenbahn ist er zu seinem abgestellten Fahrzeug gefahren. Genüsslich zählte er in seinem Wohnwagen später das Geld. Freute sich über die „Anzahlung" von 250.000 Euro. Er hatte unter dem Wohnwagen eine Spezialvorrichtung, in der er das Geld verstaute. In bester Laune aktivierte er den Stimmverzerrer und rief Jessica Bauer an. Natürlich ging es um die 2. Tranche in diesem Spiel um Macht, Rache und Abrechnung mit den Baumanns. Er will Genugtuung. Entschädigung für ein zugefügtes Unrecht an David. Er sieht die weitere Zahlung in Höhe von 100.000 Euro als Wiedergutmachung. Jessica Bauer erreichte der Anruf auf dem Weg zum Krankenhaus. Sie wollte Timo Baumann

besuchen. „Das kann doch nicht sein!"
Jessica Bauer musste zweimal hinschauen. Sie sah
Martin Hellweg in Begleitung eines Pflegers bei
einem Freigang. In der Tat erlaubte ein
psychiatrisches Gutachten dem Insassen einen
wöchentlichen Freigang in Begleitung seines
Bezugspflegers. Martin Hellweg verdankte einer
Tablettenveränderung seinen positiv bewerteten
Verhaltensschub. Es gab einen Gerichtsbeschluss.
Martin Hellweg bekam über die Nutzung des
Freizeitbereiches die Arbeitsberechtigung.
Vorgesehen war eine Arbeitseinteilung für
Gartenarbeit.

Jessica Bauer telefoniert mit Sven Lohner, teilt ihm
die 2. Zahlungsaufforderung mit und die erlebte
Situation um Martin Hellweg. Der Detektiv hat
sofort eine Vermutung parat. „Das ist die Vorstufe.
Wenn zu erwarten ist, dass ein Patient außerhalb
des Maßregelvollzuges keine erheblichen
rechtswidrigen Taten mehr begeht, wird seine
Unterbringung im psychiatrischen Maßregelvollzug
beendet. Es erfolgt eine bedingte Entlassung
aufgrund der Rechtsgrundlage nach § 67 d Absatz
2 StGB."

Für einen Moment herrschte Ruhe am Telefon.
Jessica Bauer fragte nach: „Der Mann kann auf
eine Entlassung hoffen?"
„Die Strafvollstreckungskammer entscheidet. Ja,
wenn, dann auf Bewährung mit Führungsaufsicht."

13

Syke

Ich verbrachte eine schlimme Nacht. Das Alleinsein war unerträglich. Ich brauchte jemanden. Irgendwen. Und wenn es auch mein Peiniger war. Meine Lunge brannte, meine Schulter schmerzte. Mein Handgelenk spürte die eiserne Kette. Es war Hottes Zorn, der ihn antrieb. Diese furchtbaren Morde durchführen ließ. Und der ihn antrieb, weitere folgen zu lassen. Die Luft in diesem feuchten Keller wurde dünner. Ich blickte auf eine fast leer getrunkene Flasche Wasser. Tränen traten in meine Augen. Die Gedanken an meinen Freund trieben sie an. Ich biss die Zähne zusammen, glaubte daran, eines Tages hier herauszukommen. Als wenn der Mann meine Gedanken erahnte. Wenig später sah ich meinen Peiniger in den Raum kommen. Sah wieder diesen hässlichen Anblick der aufgesetzten Gasmaske. Den dadurch widerlichen Klang seiner Stimme. „Das Verbrechen schläft nie! Jeder Schritt eines Menschen kann der Letzte sein. Das Unbekannte ist unkontrollierbar." Was sollte ich darauf antworten? Ich überlegte. Ich musste versuchen, auf seine geistige Ebene zu gelangen.

Ein Daumenabdruck steht für struktuierte
Recherche. Der Brief seiner Mutter war mit ihrem
Daumenabbruck gestempelt. Ich fand den Mut zu
erklären: „Das Wertesystem eines Menschen muss
nicht mit dem eines anderen kompatibel sein. Es ist
nun einmal so, die ganze Welt hat sich verändert.
Die getätigten Geschäfte werden undurchsichtiger.
Regeln sind verschwommen. Ehrlichkeit ist für viele
ein Fremdwort geworden. Wird mit Dummheit
gleichgesetzt. Ja, Hotte, der Ehrliche ist der
Dumme. Es gibt keine Grenzen mehr. Der Weg
nach oben ist skrupellos. Weil der Kuchen so groß
ist, wollen viele eine Schnitte davon. Probieren
macht süchtig. Die Sucht nach mehr, mehr von
allem."
„Hört, hört. Nicht schlecht, Frau Polizei-
Psychologin. Bin beeindruckt von deiner
Sinnesschärfe." Dann hörte ich Hotte über die
Medien herziehen. „Das übliche Medien-Bild ist
doch das Freund-Feind-Schema. Eine ausgewogene
Berichterstattung? Rollenverteilung. Es gibt die
Guten und die Bösen. Gerade bei der Darstellung
von Gewalt. Im Krieg oder bei Konflikten. Fakten
werden ausgeblendet. Es geht um
Emotionalisierung und damit um die Beeinflussung
der Leser, des Publikums, der Konsumenten.
Medien sind Wirtschaftsunternehmen. Am Erfolg
orientiert. Auflage, Einschaltquote."Ich hielt
dagegen. „Es gibt ihn, den Investiv-Journalismus.
Die investigativen Reportagen. Die „vierte Gewalt"
Staat."

Ich vernahm, wie Hotte unter seiner Gasmaske lachte. „Stefanie, unsere Jobs ähneln sich. Wir wollen beide die Wahrheit herausfinden. Okay, die Methoden weichen ab. Aber eines bleibt, wir müssen jeden Stein umdrehen. Schauen, was sich darunter verbirgt. Das ist nun einmal so. Peter Graf ist ein Schwein. Ein Schwein ist umgeben von Seinesgleichen, also von Schweinen. Axel Claus und Jürgen Buhl gehören dazu. Die Gier dieser Männer war und ist sicherlich riesengroß." Nun war es heraus. Hotte nannte seine vermeintlich nächsten Opfer. Es war ekelhaft mit anzuhören, was Hotte ihnen vorwarf. „Escorts bringen mehr Kohle als Sex in stinkenden Wohnwagen. Sie veranstalteten wilde Partys. Organisierten und wählten gezielt die Besucher aus. Die wurden später von einer kriminellen Bande ausgenommen. Waren leicht zu erpressen. Die Bande hatte Peter Graf in der Hand. Er wurde zum Mittelsmann. Ein tolles Marketing. So brauchte Peter Graf kein eigenes Kapital einsetzen. Hat dieses perverse Spiel jahrelang mitgespielt."

Die Zusammenhänge um den Tod seiner Mutter und den Suizid der depressiven Großmutter brauchte Hotte nicht noch einmal zu erwähnen. Mir war klar, die Vorgänge gehören zusammen. Was für eine Geschichte. Ich stellte mir vor, was dieser Mann, Peter Graf, der die Situation damals ausnutzte, wohl zurzeit anstellte, wie er lebte. Mit Frau und Kinder? Palast ähnliches Haus auf einem riesigen Grundstück? Im Hafen eine Jacht?

Mehrere Autos? Luxus lässt grüßen. Und dazu einige Handwerker auf Graf-Gnaden. Pfui-Teufel. Hotte war einige Minuten abwesend und kam dann mit einer Flasche Mineralwasser zurück. Dazu stellte er eine Schale mit Obst auf den Tisch. Dann verabschiedete er sich mit den Worten, dass er noch zu tun habe. Ich hörte ihn sagen: „Du hast dieses Spiel angefangen, Peter Graf. Ich habe die Regeln des Spiels verstanden. Wir treffen uns. Dann spielen wir nach meinen Regeln!" Es war ein unheimliches Geräusch, als die schwere Kellertür zufiel. Mir war klar, welche Würfelsymbolik Hotte bedienen wird. Einer meiner sechs Favoriten, um „Wildwuchs" zu beschreiben.

-Wollust

-Zügellosigkeit

-Betrug

-Habgier

-Zwietracht

-Stolz

Auf Peter Graf traf davon einiges zu. Ertappte ich mich gerade dabei, wie ich in Gedanken mit Hotte sympathisiere.
„Hallo, Stefanie Wolter, du bist Polizistin. Und das 24/7. Egal, für dieses Schwein und die Gedanken an ihn schäme ich mich nicht."

14

Bremen

Peter Graf spannte seine Lippen über die makellosen Zähne. Seine Ehefrau war mit beiden Kindern zu einem Geburtstag unterwegs. Ein Techniker zur Überprüfung und Wartung der Sicherheitseinrichtung hatte sich angesagt.

Die Villa verfügte über eine komplette Außenhautsicherung. Der gesamte Villenbereich wird mit Magnetkontakten, aktiven und passiven Glasbruchsensoren, Körperschallmeldern, Lichtschranken geschützt, nach außen auf Öffnung, Durchstieg und Durchgriff überwacht. Angebracht waren Bewegungsmelder neuralgischer Punkte. Außenmelder mit Sprachalarmierung. Alarmbeleuchtungssteuerung durch Außenmelder. Scharfschaltung und Türöffnung elektronisch mit Chip statt Schlüssel. Aufschaltung zu einem Sicherheitsdienst. Videoschaltung. Fernsteuerung

per App. Zugangskontrollsystem.
Einbruchmeldeanlage. Alles auf neuestem Stand
der Technik. Die Villa war in eine Festung
verwandelt. Sicherheitsexperten hatten ganz Arbeit
geleistet. Sensible Sensoren schützen besonders
wichtige Räume. Dazu gehörte der „Werteraum".
Hier befand sich die Kunstsammlung von Peter
Graf. Ein Lesegerät mit geistigem und materiellem
Identifikationsmerkmal kontrolliert den Zutritt. Der
Sicherheitshighlight war die Alarmtapete. Durch
eingearbeitete Drähte können somit die
Wandflächen auf Durchstieg oder Durchgriff
überwacht werden.

Peter Graf ist ein Kunstliebhaber. Er besitzt u.a,
Werke von Picasso, Braque und Chagall im
Millionenwert.
„Thomas Reimann von BERGER-ALARM-SERVICE."

Peter Graf musterte den Mann. „Sie sind der
angekündigte Spezialist?"
„Genau, Herr Graf, „Specialist planner for fire alarm
and voice alarm systems". Normalerweise kommen
wir zu zweit. Der Kollege ist krank geworden. Ich
war seinerzeit an der Planung beteiligt."
„Na, dann kann ich mich ja bestens aufgehoben
fühlen."

Peter Graf hatte den weißen Kombiwagen mit der
blau-roten Werbeaufschrift BERGER ALARM
bereits bei der Einfahrt auf das Grundstück erfasst.

Hotte hatte ganze Arbeit geleistet. Den „echten"
Servicetechniker überlistet und außer Kraft gesetzt.
Er hatte eine Autopanne vorgetäuscht. Der
Beauftragte von BERGER-ALARM-SERVICE wollte
helfen. David Hellweg betäubte den Mann mit
Chloroform. Fesselte Hände und Beine, verklebte
seinen Mund und legte ihn in den Kofferraum
seines Wagens.
Dann informierte er sich über den Auftrag und die
Details des Hauses Graf.

Der Plan von Hotte war bis ins Detail ausgetüftelt.
Ziel war es, Peter Graf in seine Gewalt zu
bekommen. Wenn das gelungen war, wollte er den
noch bewusstlosen Servicetechniker in den Kombi
von BERGER-ALARM-SERVICE setzten.
Peter Graf in den Kofferraum seines „besorgten"
Wagens verstauen und in die Bremer Schweiz
fahren. Das Waldgebiet dafür hatte er genauestens
erkundet.

Das Erste, was der „Servicetechniker" erledigte, war
die Außerkraftsetzung der
Überwachungseinrichtungen. Hotte sprach nur
wenige Worte mit Peter Graf. Konnte nicht erahnen,
dass der gewiefte Bauunternehmer in der Zentrale
bei BERGER-ALARM-SERVICE Erkundigungen
über den Techniker einholte. Dort wurde zwar der
Einsatz eines Thomas Reimann bestätigt, aber das
vorsorglich übermittelte Foto stimmte mit dem
Aussehen des in seinem Haus erschienenen Mann
nicht überein.

Peter Graf entschloss sich den Waffenschrank zu
öffnen, ein Jagdgewehr zu entnehmen und mit der
Bewaffnung dem „Servicetechniker" gegenüberzu-
treten.

„Thomas Reimann? Bullshit. Wer sind sie wirklich
und was wollen sie?"
„Langsam, ganz langsam."
„Sind sie verrückt? Ich rufe jetzt die Polizei. Sie
bleiben dort stehen. Die Hände nehmen sie auf den
Rücken. Und ich rate ihnen, keine Bewegung zu
machen. Ich schieße sofort." Hotte lachte laut. Eins
zu null für sie, Herr Graf. Aber ob die Polizei eine
gute Idee ist, sei dahingestellt."
„Wie meinen sie das?"
„Na, ja, bei ihren Leichen im Keller."

Hotte nannte Namen und Einzelheiten. Sah, wie
Peter Graf unsicher wirkte. Passte einen Moment
ab, an dem er vorstürmen konnte. Es folgte ein
Kampf um den Besitz des Jagdgewehrs. Plötzlich
löste sich ein Schuss. Peter Graf sackte zu Boden.
Der losgelöste Schuss aus der Mauser Winchester
308 verletzte Peter Graf schwer. „Rufe einen Arzt!"
Hotte sah, wie Peter Graf seine Hand auf die Wunde
am Bauch drückte. „Der wird dir nicht mehr helfen
können."
„Ja, wenn es so ist, was willst du von mir?" Hotte
brauchte nicht mehr zu antworten. Er zog den
leblosen Körper Richtung Hauseingang. Legte ihn
in eine schwarze Baufolie. Dann löschte er auf dem
Server sämtliche Dateien. Insbesondere die der

Videoaufzeichnungen. Er ging ruhig und besonnen vor, vermied jegliche Hektik. Die kam auf, als er den Körper von Peter Graf in den Kombiwagen transportierte. Er ahnte, dass jeden Moment ein Kontrolleinsatz der Polizei bevorstand. Alles ging blitzschnell. Er raste mit dem Wagen von BERGER-ALARM-SERVICE vom Grundstück. Bog instinktiv in einen ungepflasterten Weg. Sah zwei Einsatzwagen der Polizei auf der Landstraße vorbeirasen.

„Puh, Hotte, Alter. Das war knapp." Hotte murmelte weitere Sätze vor sich hin, während er auf dem holprigen Weg weiterfuhr. Der Weg führte in ein Waldstück und später auf eine geteerte Straße. In dem Kopf des Mannes begannen nun die Gedanken zu purzeln.
„Wohin mit Peter Graf. Wohin mit dem Wagen?"

Er lachte laut. „Okay. Planänderung." Hotte stoppte das Auto, stieg aus. Nahm den Reservekanister und schüttete das Benzin im und über den Wagen aus. Entfernte sich einige Meter und schmiss dann ein brennendes Feuerzeug in Richtung des Wagens. Es gab einen fürchterlichen Knall, den mit Sicherheit noch die Polizisten im Haus von Graf hörten. Die Polizeibeamten im Haus von Peter Graf entdeckten die Blutspur. Fanden keine Personen vor.

Wenig später

Die Spezialisten der Spurensicherung hatten viel Arbeit vor sich. Die Begutachtung der Sicherungseinrichtung, der geöffnete Waffenschrank. Die Sicherung von Spuren als Beweismittel erwies sich als schwierig. Welche der vielen Spuren waren dem Täter zuzuordnen? Ein Problem war darüber hinaus der ausgebrannte Wagen.

Auch die Befragung des aufgefundenen und befreiten echten Servicetechnikers brachte den Ermittlern keinen Aufschluss. Der in Flammen aufgegangene Wagen wurde gestohlen. Die Kriminalbeamten gingen nach Analyse des Tathergangs von einem geplanten Raubmord aus. Es begann eine Durchleuchtung des Lebens, der Geschäfte und desUmfelds des getöteten Bauunternehmers. Es wurde in alle Richtungen ermittelt. Selbst ein Auftragsmord, getarnt als Einbruch, wurde nicht ausgeschlossen.

Ebenso eine Tat im persönlichen Bereich. So wurde „routinemäßig" auch die Ehefrau befragt. Sie druckste herum, gab ungern ein Alibi an. Verbrachte die Nacht bei einem Freund. Der bestätigte auf Befragen das Alibi. Opfer-Tatverdächtigen-Beziehungen bei polizeilich erfassten Fällen von Mord, Totschlag und Tötung auf Verlangen haben eine Quote von rund 80 %. Die Aufklärungsquote ist hoch. Sie liegt konstant in den vergangenen 10 Jahren über 92 %.

15

Bremen

David Hellweg hatte einen Traum, den er zum Ziel ausgerufen hat. Er ist fest entschlossen, mit seinem Sohn Martin eine Reise in die Vergangenheit der Bremer Geschichte zu machen. Martin, bekannt als der „Moorteufel von Bremen" soll endlich diesen Makel hinter sich lassen. Er muss ihn mit dem Moor konfrontieren, wenn Martin eines Tages in Freiheit kommen sollte. Er wird mit ihm durch die idyllische Landschaft schippern. Auf einem Nachbau eines der historischen Torfkähne. Die Findorffer Dorfkähne erinnern an das Schicksal der dort ansässigen Moorbauern.

David Hellweg hatte sich belesen. Gründlich alles Wichtige über die Geschichte der Moorbauern und die Abwicklung der Torfschifferei herausgefunden. Unfassbar, damals wurden jährlich bis zu 30.000 Torfkähne entladen. Torf galt als „das Brennmaterial". Beeindruckend die Personalie von

Jürgen Christian Findorff. In die Geschichte
eingegangen als „Moorkommissar". Er hat die
Moore zwischen Wümme und Hamme,
das Teufelsmoor nordöstlich von Bremen,
vermessen, entwässert und durch Kolonisten
bevölkert. Das war die Zeit um 1750. Die
Kolonisation des Teufelsmoores bei Bremen ging
vom hannoverschen Kurfürsten aus.

David Hellweg ist sich sicher, die Konfrontation mit
dem Teufelsmoor wird alte Muster bei seinem Sohn
zwar in Erinnerung bringen, aber nur so wird
letztlich das Trauma zu beseitigen sein. Er hat
diese Erkenntnis aus dem neuesten Gutachten,
welches über Martin Hellweg erstellt wurde.

Ein trockener Wind blies über die Stoppelfelder.
David Hellweg spürte den Staub in seinem Gesicht.
Er stieg durch eine Stacheldrahtöffnung. Sein
aufgesetztes Stirnband schütze vor ins Gesicht
abfallenden Schweißperlen.
Seine „Ranch", wie er sein Grundstück nannte, auf
dem sein in die Jahre gekommener Wohnwagen als
Behausung stand, war urwüchsig, dazu durch den
Baumbestand als verwegen zu bezeichnen.

Die Größe von vier Morgen, also 10.000
Quadratmeter, bot eine Vielfalt von Natur. Ein
Brunnen versorgte ihn mit Wasser. Für die
Stromerzeugung sorgte ein Dieselaggregat. Ein
Bewegungsmelder meldete auf seinem Smartphone
einen Besucher.

„Sven Lohner, lange nicht gesehen."
„Aber gleich wiedererkannt."
„Die Idee zum Besuch kam spontan. Genauer
gesagt beim Besuch von Timo Baumann im
Zentralkrankenhaus Bremen-Ost."
„Ach so, was ist passiert?"

David Hellweg stellte sich ahnungslos. „Timo
Baumann liegt im Koma. Ein Autounfall. Tragisch.
Die Frage ist, ob da jemand nachgeholfen hat. Der
Wagen wird untersucht."
„Tja, es gibt schlechte Menschen."
„Bei ihrem Sohn gibt es Neuigkeiten. Man geht von
einem Ende des psychiatrischen Maßregelvollzuges
aus."
„Ja, es gibt ein aktuelles Gutachten. Die
Gerichtsentscheidung steht kurz bevor."
„Das wird Stefanie Wolter freuen."
„Mein Sohn hat ihr viel zu verdanken."

Sven Lohner merkte, dass das Gespräch in eine
andere Richtung läuft. Er fragte sich, ob er von dem
Verschwinden seiner Freundin berichten sollte.
David Hellweg kam ihm zuvor. „Habe in der Zeitung
davon erfahren. Von der großangelegten Suche.
Gibt es Neuigkeiten?"
„Stefanie Wolter ist verschwunden. Nichts, kein
Zeichen, keine Forderung eines möglichen
Entführers."
„Einfach nur schrecklich."
„Darf ich ihnen etwas anbieten? Wasser, Bier, soll
ich einen Kaffee oder Tee kochen?"

Sven Lohner und David Hellweg ließen sich kurz darauf ein frisches Bier schmecken.

Der Privatdetektiv ließ nicht locker. Führte das Gespräch wieder in Richtung der Baumanns. „Wie kommt ihr Sohn damit klar, ein Baumann zu sein? Hat er das verarbeitet? Wie sieht es rechtlich aus? Haben sie mal Erbansprüche geprüft?"
„Dazu braucht man einen guten Anwalt. Dafür fehlt mir das Geld. Sie sehen doch, wie ich lebe. Am Existenzminimum. Die Vermietung meines Hauses in der Reuterstraße in Bremen-Walle reicht gerade zum Leben."

David Hellweg spürte ein aufkommendes Unbehagen. Was ist der wahre Grund des Besuches? Er konfrontiert Sven Lohner, will ihn aus der Reserve locken. „Wer kann ein Motiv haben, Timo Baumann zu schaden? Also, wenn es kein Unfall war, steckte eine Absicht dahinter."
„Vielleicht sie? Sie haben doch ein Motiv."
David Hellweg lachte laut los. „Darauf müssen wir noch ein Bier trinken!"

Die beiden Männer halten die Bierflaschen in den Händen. Keiner der beiden wollte zuerst etwas sagen. David Hellweg grübelte. Er hatte den Erpresserbrief geschrieben. Klar, aber das Fahrzeug manipuliert?
Falls nicht er, wer war es dann? Wer hat eine offene Rechnung?

„Wenn es um ein Motiv geht, schon mal an den Diaz-Clan gedacht? Dem traue ich einen Mordanschlag zu."

Zwei Bierflaschen stießen aneinander. „Nichts für ungut. Sie wissen, ich mag sie. Aber ich muss alle Möglichkeiten in Betracht ziehen."
„Schon okay, war mir bereits klar, dass sie nicht nur zum Biertrinken hergekommen sind oder mal wieder einmal meine „Ranch" sehen wollten."
„Die ist sehr urig. Bleiben Sie gesund. Genießen sie jeden Tag und viel Glück bei dem Gerichtsbeschluss."

Sven Lohner schaute auf die Armbanduhr.
„Oh, wird Zeit. Ich muss los. Danke für die Getränke."
„Immer gerne. Und viel Glück für Stefanie!"
Der Detektiv begab sich zu seinem Motorrad. Setzte seinen Helm auf. Er hatte durch den Besuch bei David Hellweg ein gutes Gefühl bekommen und die Sicherheit gewonnen, den Diaz-Clan als Hauptverdächtigen zu vermuten. Diese Erkenntnis teilte er telefonisch Jessica Bauer mit.

Jessica Bauer hatte sich zum wiederholten Mal zum Krankenhaus Bremen-Ost begeben, um Timo Baumann zu besuchen. Gespannt wartete sie auf den Bericht des Arztes über den aktuellen Krankheitsbefund.

16

Syke

„**W**ie viel Schmerz kann eine Seele ertragen? Wann
zerbricht ein Herz? Ist Güte angebracht? Ist Suizid
ein Ausweg?"
„Wenn das Vertrauen in die eigene Persönlichkeit
schwindet, gibt es diese Frage. Es ist schwer, das
Schicksal zu begreifen." Ich hatte auf die Rückkehr
von Hotto gewartet. Was war passiert? Was geht in
Hottes Kopf vor? Ist etwas aus dem Ruder
gelaufen? Ich fragte ihn, nahm meinen ganzen Mut
zusammen.

„Alles gut. Das Schwein ist Vergangenheit. Anders
als geplant, egal, eine Reinigung mehr!"
„Willst du mir Details erzählen?"
„Das Schwein lebte in einer anderen Welt. Von
Reichtum überhäuft. Ergaunert. Ich habe ihn nicht
getötet. Es löste sich ein Schuss aus seinem
Jagdgewehr."
„Und?"

„Die Polizei hat Schwerstarbeit vor sich. Wie heißt
es doch immer: Ermittlungen in alle Richtungen."

Ich sah, wie Hotte auf die Bilderwand zuging. Ein
weiteres **X** anbrachte. Ich traute mich zu fragen:
„Wie gehts weiter?" Hotte lachte nur. Es klang
gequält unter der Gasmaske. „Ist es nicht so, der
Geist und der Körper brauchen eine Haltung.
Besteht kein Einklang, leidet die Seele."

Ich begann zu verstehen. Peter Graf war nicht
irgendeine Person, er war der Erzeuger von Hotte.
„Übrigens, ich habe ihn beerdigt. Feuerbestattung,
du verstehst. Ich habe ihn samt Auto abgefackelt."

Hotte offenbarte mir weitere Einzelheiten. „Ich hatte
mein Leben lang Angst. Ständig kamen neue Ängste
hinzu. Im Beruf zu versagen, die Partnerin zu
verlieren, von Freunden enttäuscht zu werden. Ich
wollte das Geheimnis bewahren. Einige Zeit gelang
es mir. Dann kam der Moment, in dem sich in
meinem Leben alles änderte. Von jetzt auf gleich.
Die Besessenheit nach Rache wuchs in mir. Lange
war ich auf der Suche nach meiner Mitte. Ich
konnte sie nicht finden. Ich begann nachzudenken.
Überlegte, was ich tun konnte und was ich besser
nicht tun sollte. Ja, ich traf die Entscheidung zu
handeln."

Hotte ließ mich für einige Minuten allein. Als er
wieder in mein Verlies kam, hielt er einen

Teddybären in der Hand. „Das ist Benno. Er
bewahrte das Geheimnis, die Wahrheit, in sich auf.
Hier lese, bitte."
Ich überflog das Schriftstück. Vor allem die
aufgezeichnete Würfel-Symbolik. Sah den
Daumenabdruck als Stempel. Die Rillen ähnlich
der eines Baumes. Unfassbar, was ich las:

Die sechs Seiten des Bösen im Menschen.

-Moralische Verwerflichkeit

-Betrug

-Wolllust

-Geldgier

-Herrschsucht

-Zügellosigkeit

Ich brachte kein Wort hervor. Bemerkte, wie Hottes
Nachdenklichkeit wuchs. „Es gibt den Menschen,
der einem anderen in die Seele schauen kann? Du
bist so ein Mensch, richtig?" Er fragte nach. „Ist das
so?" Ich nickte. Eine angeregte Unterhaltung folgte.
„Der Tod wartet nicht ewig."
„Er ist Bestandteil des Lebens."
„Er zeigt die Abgründe des Lebens auf."
„Wildwuchs im Leben ist eine Ursache, die das
Schicksal prägt."

„Ich denke ja. Es gibt für alles eine Erklärung. Wir
müssen sie nur herausfinden."

„Die Lebensaufgabe einer Polizeipsychologin?"

„Leichter gesagt als getan."

„Der Tod bringt wie das Leben Fragen hervor. Nach
dem „Warum". Nach dem „Wie", sicherlich auch
nach dem „Was" und „Wo"." Niemand bleibt im
Leben ohne Schuld. Oft werden moralische Grenzen
verschoben."

„Ich mochte schon als Kind nicht die Spiele, wo ich
die Augen verbunden bekam."

Ich konnte Hotte schmeicheln. „Da haben wir eine
weitere Gemeinsamkeit."

Ich dachte über die Sinnhaftigkeit meiner mit Hotte
geführten Unterhaltung nach. Schätzte den Mann
als sehr intelligent ein. Der Mann, der mich immer
näher an sich und seine Gedankenwelt heranließ.

„Es vergeht kein Tag, an dem ich denke, ob meiner
Mutter geholfen werden konnte. Sie sagte oft: Eine
Stunde hat nur 60 Minuten. Sie vergehen gut oder
schlecht. Für sie leider oft schlecht."

„Ja, Hotte, das ist alles furchtbar gelaufen für dich.
Aber es ist nicht zu spät. Du kannst auf den Weg
zum normalen Leben zurückkehren."

„Wie soll das gehen?"

„Bis jetzt hat dich keiner auf dem Schirm. Du
führst offiziell ein gutbürgerliches Leben. Ich kann
vergessen."

„Du bist Polizistin."

„Finde es heraus, lasse mich frei." Ich hatte auf

keine Antwort wirklich gewartet. Sah, wie Hotte auf die Bilderwand zuging. Er brachte wenig später einen schwarzen Balken über ein Foto an. Ich war mir sicher. Das Foto stellte mit der Anfangsmarkierung sein nächstes Opfer dar. Wer ist diese Person? Was für einen Zusammenhang gibt es?

Zur selben Zeit

Bremen

Voller Interesse beugte sich Florian Weise über die Akte, die über Peter Graf auf seinem Schreibtisch lag. Die Gebäude in der Straße „In der Vahr 76" beherbergen u. a. die Abt. 62 des LKA. Die Abteilung zählt zum Staatsschutz. PMK, politisch motivierte Straftaten. Insbesondere durch Ausländer. Er weiß, dass auch der Kollege aus K 52, Wirtschaftskriminalität ermittelt. Das Tötungsdelikt Peter Graf hat viel Staub aufgewirbelt. Haarsträubend waren die Erkenntnisse über die Verwicklung in Cyber-Kriminalität. Das ganze Programm wie Pishing und Smishing bis hin zu DDOS-Atacken und Ransomeware Angriffe. Lösegeld von Unternehmen und Institutionen werden gefordert. Cybercrime auf höchstem Niveau. Die Rumänen ganz führend.

Aktuell flatterte ein Bericht der Kollegen der Abt. 62 Cybercrime aus Niedersachsen ein. Geographische Grenzen sind für Cyberkriminelle unerheblich. Die Delikte sind vielfältig und durch die Digitalisierung werden innerhalb kurzer Zeit mit wenig Aufwand viele Opfer erreicht. Für die Polizei stellen vor allem der Internetbetrug, Angriffe mit Schadsoftware und Erpressungsversuche große Herausforderungen dar. Mit der Durchsuchung in den Büroräumen und dem Privathaus von Peter Graf wurden Server gefunden, die einem weitreichenden Netzwerk zuzuordnen sind. Betrügerischer Datenverarbeitungsmissbrauch in großem Stil. Die polizeilichen Ermittlungen laufen nun mehrgleisig. Es gilt, den oder die Täter zu ermitteln und das rumänische Cybercrime-Netzwerk zu entschlüsseln.

Einige Tage später

17

Braunschweig

„**A**lles gut? Leg dich wieder hin, du hast geträumt."
„Es war schrecklich. Mein Gesicht war voller
Rasierschaum. Hindurch tropfte Blut."
„Hattest du dich beim Rasieren geschnitten?"
„Weiß nicht. Ich war beim Friseur. Aber alles war
anders."

Silke Beier sah den Lehrer anstrengend überlegen.
Er war nach Braunschweig gekommen, um beim
Umzug und damit in die gemeinsame Zukunft in
Syke zu helfen. Die Bewerbung als Pflegerin in
einem Seniorenzentrum in Syke hatte Erfolg.

Silke Beier begann zu antworten. „Schatz, ich war
vor einigen Tagen in einem Fitness-Studio. An
einem Gerät brach ein Mann zusammen. Der
herbeigerufene Arzt stellte nur noch den Tod fest.
Wegen der Flecken auf der Haut vermutete er
Fremdeinwirkung. Diagnostiziert wurde die
Verabreichung eines Giftes. Gefleckter Schierling."
„Ein Doldenblütler. Absolut tödlich bei
Verabreichung von mehr als einem halben Gramm.
Wirkt nicht sofort. Der Saft wird aus Blättern
herausgepresst. Leicht unbemerkt in die Mahlzeit
oder ins Trinken zu träufeln oder beim
ausgesuchten Opfer in die Ohren, zum Beispiel,
wenn die Person schläft."
„Du kennst dich ja aus, Silke. Woher hast du das
Wissen?"
„Als Pflegekraft verabreichen wir auch Medikation.
Müssen uns mit Wirkung und Nebenwirkung

auskennen. In geringen Mengen ist der Schierling hilfreich. Als Auflage oder Salbe bei Lymphknoten-Entzündungen und auch bei eiternden Geschwüren. Stark verdünnt als homöopathisch als Arznei aufbereitet." Dann erklärt Silke Beier weiter: „Die bis zwei Meter hochwachsenden Pflanzen mit ihren trüb-weißen Dolden-Blüten wachsen auf unseren Wiesen und den Wegesrändern und Ufergebüschen. Der gefleckte Schierling ist sehr giftig. Der Tod tritt durch Atemlähmung ein. Ein schreckliches Ende bei vollem Bewusstsein."

Silke Beier nimmt ein Blatt DIN A4 mit Foto und Beschreibung aus einem Ordner und gibt es dem Lehrer. Erwin Junghans überfliegt es und nimmt den Text mit großem Interesse zur Kenntnis.

Conium maculatum L.

--- 0,5-2 m hoch, kahl, unangenehm riechend. Stängel mit roten oder violetten Flecken oder Streifen. Blätter 3-4fach gefiedert, der Zipfel eilänglich, stumpf oder mit feiner Spitze. Dolden 8-15strahlig, Hülle rückwärts gerichtet, Hüllchen abstehend. Blüten weiß. Früchte 2,5-3,5 mm lang, eiförmig, wellig gerippt---.

„Ja, danke, sehr interessant."

Die beiden empfangen den Umzugswagen. Die nächsten Stunden vergingen schnell. Silke Beier kannte ihr neues Zuhause von einem Wochenendbesuch. Im Prinzip änderte sich mit

Niedersachsen nicht das Bundesland. Die Stadt
Syke ist nur 20 Km von Bremen entfernt.
Insgesamt 13 Ortsteile, teils sehr historisch links
und rechts gelegen von der B6, die von Bremen
Richtung Hannover führt. Syke liegt am Rand des
Naturparks Wildeshauser Geest. Ein attraktives
Naherholungsziel. Syke ist vor allem eines: grün!

Am nächsten Tag

Die große Diele in dem Niedersachsen-Haus war
der Mittelpunkt. Die Einrichtung wirkte antik.
Kommode, Beistelltische, eine Bar, die mit bestem
Inhalt bestückt war. Silke Beier erlebte die erste
Nacht im Himmelbett mit Erschöpfung, die dem
Umzugsgeschehen geschuldet war.
Sie hatte dem Einzug in das Bauernhaus ihres
Freundes nur zugestimmt unter der Bedingung
eines eigenen Zimmers. Sie braucht diesen
Rückzugsort. Ihr Freund knüpfte an die Bedingung,
keine eigenen. Ihr Lächeln war aufrichtig und
durchaus geeignet, einen verborgenen Winkel
seines Herzens aufzubrechen.

Langsam flammte Verlangen in ihm auf. Er spürte
eine Erektion. Silke Beier fiel auf einmal das Atmen
schwer. Sie wies ihren Freund ab. „Wovor hast du
Angst?"
„Schatz, es wird noch genug Zeit geben. Es ist keine

Frage von Angst. Ich muss einfach raus. An die
frische Luft."

Sie strich ihr dichtes, unbändiges Haar zurück.
Erwin Junghans empfand sie als sehr
verführerisch. Die kurzweilige Ablehnung machte
ihn rasend. Er brannte darauf zu erfahren, wie es
mit Silke Beier im Bett ist. Er sah die verblichenen
Stellen an ihrer eng anliegenden blauen Jeans.
Betrachtete, den ihren Körper betonenden, weißen
Pullover. Es dauerte eine Minute. Silke Beier zog
ihren Pullover hoch. Sie trug nichts darunter.
Erwin Junghans schlüpfte aus seiner Hose. Griff
sie, hob sie hoch und trug sie in die Küche. Silke
Beier gefiel es nicht. „Ich dachte, wir wollten
romantisch miteinander umgehen."

Das angedachte Liebesspiel wurde jäh
unterbrochen durch ein mehrfaches Klingeln.
„Erwartest du jemanden?"
„Nein."
„Und nun?" Erwin Junghans ergriff einen
Bademantel. Sah noch, wie sich Silke Beier wieder
anzog. Die Überraschung war groß, als er vor dem
Tor zwei Personen sah. Einen Mann und eine Frau.
Die Frau kannte er bereits. Es war OK Heike Best.
Sie wurde begleitet von HK Tomke Schmidt. Der
begann gleich das Gespräch.

„Guten Morgen. Entschuldigen Sie die Störung.
Tomke Schmidt, Polizeikommissariat Bremen.
Meine Kollegin kennen sie ja bereits."

„Keine Ursache, was gibt es denn noch."
„Wir ermitteln in den Tötungsdelikten der
Prostituierten Amelie Jürgens und Erika Bruns."
„Ja, schrecklich, gibt es Hinweise auf den Täter?"
Tomke Schmidt antwortete nicht. „Wir vermuten
den Täter im Umfeld der Frauen. Sie hatten ja
bereits mit den Damen Kontakt."
Silke Beier war ebenfalls zur Tür gekommen.
„Bitte doch die Leute herein, Schatz."

„Hat es geklappt mit dem Umzug? Sie haben eine
Arbeit in der Nähe gefunden?"

Heike Best schloss an das früher geführte Gespräch
an. „Ja, alles gut gelaufen. Sie sind von der Polizei?
Gibt es etwas Besonderes? Also Erwin kann keine
Fliege etwas zuleide tun. Da kann ich sie
beruhigen. Reine Routine. Wir ermitteln in einem
Tötungsdelikt und dabei in alle Richtungen. Ihr
Freund hatte Kontakt zu den getöteten Frauen."

Silke Beier schaute ihren Freund fassungslos an.
„Da hast du mir gar nichts von erzählt."
„Was soll ich dir erzählen? Ich habe mit den
Tötungsdelikten nichts zu tun. Und der damaligen
Befragung habe ich keine besondere Bedeutung
zugemcssen."
„Nur noch eine Frage, Herr Junghans."

HK Tomke Schmidt nannte Tag und Uhrzeit. „Wo
waren sie während der Zeit?"
Silke Beier schaltete sich spontan ein.

„Bei mir in Braunschweig!"

„Das ist doch gut. Danke. Das war es. Ihnen eine gute Zeit."

Nachdem die beiden Kriminalbeamten das Haus verlassen hatten, herrschte einige Minuten Ruhe. Erwin Junghans brach die unheimlich wirkende Stille im Raum und begann zuerst zu sprechen.

„Was soll das? Braunschweig? Bullshit."

„Ich dachte, es kann helfen?"

„Du hast mir ein Alibi verschafft, okay. Aber ich brauche keins. Hallo, ich hab damit nichts zu tun."

„Natürlich nicht, aber jetzt geben die erstmal Ruhe."

„Oder nicht. Die nehmen oft das Gegenteil an. Verstehst du, Polizei. Die glauben erst einmal gar nichts. Und dann stellen sie sich Fragen. Zum Beispiel, warum du geantwortet hast. Das war nicht gut, Silke."

„Nicht gut? Nicht gut ist nur eines. Du hast Kontakt zu Prostituierten. Und nun sind die Frauen tot. Das ist nicht gut, das ist Scheiße."

„Ich schwöre, Schatz, bitte glaube mir, ich habe damit nichts zu tun."

Dann berichtet Erwin Junghans von dem Zusammenhang. Der später fallen gelassenen Diebstahlanzeige. Dass so die Spur zu ihm führte. Silke Beier fühlte sich enttäuscht. Ihre Gedanken vermehrten sich. Hatte sie mit dem Alibi für ihren Lebenspartner einen Fehler begangen?

18

Bremen

Großes Aufsehen herrschte in der JVA Bremen-Oslebshausen. Der zur Befragung hinzugezogene psychologische Fachdienst in der Vollzugsabteilung 21-Untersuchungshaft, wurde begleitet von einem Zugangsbeamten und dem stellvertretenden Leiter der Vollzugsabteilung. Unfassbar und sprachlos nahmen sie die Situation zur Kenntnis.
Horst Bertram hatte Suizid begangen. Er erhängte sich in seinem Haftraum.

„Gestern nahm er noch einen Büchertausch wahr. Am Vormittag und am Nachmittag waren die Türen der Hafträume geöffnet. Er hatte Kontakt mit anderen Häftlingen. Konnte sich in der Abteilung bewegen. Laut dem Anstaltseelsorger hatte die Gruppe für kommenden Sonntag sich zum Gottesdienst angemeldet. Er war zudem für einen der acht Arbeitsplätze als Hausarbeiter vorgesehen.

Auch bei den Aufenthalten im Freistundenhof war nichts anzumerken. Horst Bertram wirkte ausgeglichen."

„Ja, irgendetwas hat den Mann aus der Bahn geworfen."

„Die Staatsanwaltschaft genehmigte die Ermöglichung der Nutzung des Fernseh- und Radioempfanges. Wir sollten überprüfen, ob es in Sendungen Informationen über Verbrechen gab."

Der Anwalt von Horst Bertram traf zu einem Gespräch bei der Anstaltsleitung ein. Michael Wolter hörte eine erste Stellungnahme. „Das Diagnoseverfahren wird hinsichtlich der erforderlichen Maßnahmen der Vollzugsplanung individuell nach dem Ergebnis aus dem Untersuchungshäftling zugeschnitten. Bei Horst Bertram wurden diverse Hilfsangebote gestattet. Dazu gehörte Freizeit und Sport, aber auch schulische Maßnahmen, z. B. PC-Kurs. Lockerungserprobung war vorgesehen. Ein depressives Verhalten wäre aufgefallen. Wir haben uns nichts vorzuwerfen. Tragisch, es tut uns allen sehr leid."

Der Anwalt enthielt sich mit einer Antwort. Bat nach einer längeren Überlegung, die Zelle seines Mandanten sehen zu dürfen. Hoffte irgendeinen Hinweis zu finden. Alles in allem war es eine Enttäuschung. Nicht die Einzige. Der Kummer über den ungeklärten Stand mit dem Verschwinden

seiner Tochter wiegt aber größer. Er sucht Kontakt
zu Sven Lohner.

Zur selben Zeit

„**D**ass wir uns richtig verstehen!"

Der dunkelbärtige Mann beugte sich etwas
herunter und runzelte leicht die Stirn.
„Timo Baumann ist weiterhin das Problem. Den
„Unfall" hat er überlebt. Der alte Diaz macht sich
ernsthaft Sorgen um unsere Zuverlässigkeit."

Der Mann schrieb einige Worte auf einen
Notizzettel. Bezifferte das Krankenhaus, die Station.
„Comprendido!" (Verstanden). Der Kolumbianer
blieb wortkarg, nahm den Zettel ohne Regung.
„Wie gesagt, ich verlange eines, Aufrichtigkeit und
Ehrlichkeit. Das gilt in unserer ganzen Familie.
Zuverlässigkeit ist oberstes Gebot in der DIAZ-
Familie." Der Mann lächelte dabei. „Nur dass keine
Missverständnisse entstehen."

Der kräftige Typ wurde noch deutlicher. „Ich habe
ein Unternehmen zu leiten. Daniela Baumann ist ja
gerade verhindert." Er verschränkt die Arme über
den Bauch und lächelt dabei. „Es gibt also noch
einiges zu tun."

Etwas später

Der Kolumbianer hatte sich einen
Krankenhauskittel verschafft. Schlich in der
Kleidung eines Pflegers in das Krankenzimmer von
Timo Baumann.

Obwohl es den Anschein hatte, dass er fest schläft,
befand sich Timo Baumann in einem Zustand
zwischen Wachsein und Schlaf. Er wurde nicht-
invasiv beatmet. Trug eine Atemmaske, die er
jederzeit absetzen konnte. Zur persönlichen
medizinischen Betreuung wird mit einem 24h-
Monitoring die Vital- und Organfunktionalität
überwacht. Die Daten werden aufgezeichnet und
auf einem Monitor verfolgt. Bei Auffälligkeiten der
Werte ertönt ein akustisches Signal.

Das medizinische Personal reagierte sofort.
Sekundenschnell waren sie beim Patienten. Sie
sahen eine Person davonlaufen. Timo Baumann
trug keine Atemmaske. Er oder der Unbekannte
hatte sie heruntergenommen.
Der Patient zeigte sich verwirrt. Die Ärzte berieten
über Maßnahmen für den Überbrückungszustand.
Notfallmedizinische Maßnahmen zur Stabilisierung
des Patienten standen im Vordergrund. Der

Sicherheitsdienst des Krankenhauses wurde hinzugezogen. Zum einen gilt es, den Vorfall aufzuklären. Videoaufzeichnungen auszuwerten. Zum Anderen, um den Schutz des Patienten zu gewährleisten.

Jessica Bauer war sichtlich aufgebracht.
Ein weiterer Anschlag auf ihren Freund? Obwohl sie gezahlt hatte? Immer mehr kam die Gewissheit auf, dass es sich um verschiedene Täter handeln könnte. Der Erpresser und der Täter für die Mordanschläge sind verschiedene Personen mit jeweils anderen Motiven.

Die Polizei stellte einen Beamten zur Bewachung von Timo Baumann ab.

19

Frauengefängnis Vechta

„Du bekommst Besuch, Julia."

Julia Schönherr hat nur noch wenige Tage
abzusitzen. Ihre Gedanken sind bei einem freien
Leben. Endlich zusammen mit Daniel Bauer. Dem
Arzt, dem Mann ihrer Träume mit dem großen
Anwesen bei Worpswede und der Jagdhütte in
Friedeholz. Unvergessen die Ereignisse nach ihrer
Flucht vor zwei Jahren.

„Du hast es ja bald geschafft. Ich hab noch paar
Jahre. Aber du kannst mir einen Gefallen tun.“
„Du bist doch die Drogen-Baumann. Was könnte
ich für dich tun?“
„Na. Ja, sagen wir mal so. Wichtig ist doch, dass du
da draußen gesund bleibst. Vor allem auch deine
Freunde. Sehe ich das richtig?“

Julia Schönherr hatte sofort begriffen. Sie
vermutete, dass die Arme des DIAZ-Clans lang sein
können. „Spuck aus, was willst du?“
„Halt, halt, nicht so stürmisch. Wir sollten unsere
Freundschaft pflegen. Gute Freunde sind wichtig
im Leben.“
„Da hast du wohl recht.“
„Es geht um den Fachbereich „Arbeit der
Gefangenen“. Mich interessiert der Standort
Hildesheim. Wie hast du es geschafft, dort
eingesetzt zu werden? Und wie ist die Betreuung,
der Ablauf?“
„Verstehe.“ Julia Schönherr gibt die gewünschte
Auskunft. Wem man „schöne Augen“ machen
muss, um nach Hildesheim zu kommen.

Daniela Baumann hat monatelang mit Gedanken verbracht, wie eine Flucht gelingen könnte.

„Je nach Auftragslage, also bei Spitzen, wird in Hildesheim das Personal aufgestockt. Die 10 Betriebe der JVA haben unterschiedliche Auftragslagen. Aber eines ist überall gleich. Bei Auftragsspitzen helfen die sich gegenseitig."

Daniela Baumann lächelt: „Arbeit ist ein wichtiger Faktor zur Resozialisierung von uns inhaftierten Frauen. Es geht um später, um die Eingliederung in der Erwerbstätigkeit nach der Entlassung."

Julia Schönherr berichtet weiter: „Die 72 Haftplätze in Hildesheim sind verteilt auf vier unterschiedliche Abteilungen. Die Belegung erfolgt über die Aufnahmeabteilung der JVA Vechta."

Daniela Baumann hatte bisher angestrebt, über den Weg der Verlegung in eine sozialtherapeutische Anstalt verlegt zu werden. Hierbei geht es um die Erreichung des Vollzugziels hinsichtlich der Resozialisierung. Der Abminderung einer später auszugehenden Gefahr bei Entlassung gegenüber der Allgemeinheit. Bisher scheiterte es an Platzkapazitäten.

Eine Vollzugsbeamtin kommt dazu. „Die Besuchszeit ist vorbei." Mit einem gegenseitigem Anlächeln gehen die beiden Frauen auseinander.

Einige Tage später

Wer aus dem Gefängnis entlassen wird, braucht vor allem den Entlassungsschein. Aber auch drei Dinge: Arbeit, Geld und Wohnung. Letzteres ist bei Julia Schönherr kein Problem. Daniel Bauer ist die Lösung. Und mit dem Gedanken daran ließ sie die acht Sitzungen für die Entlassungsvorbereitung über sich ergehen.

Julia blieb noch einen Moment stehen. Sie genoss den Blick auf die sich wieder schließende Gefängnistür. Sie fühlte sich plötzlich beklommen, als der langersehnte Moment eintrat und sie neben Daniel Bauer im Auto saß. Sollte sie ihm von dem Gespräch mit Daniela Baumann berichten? Und wenn, wann? Daniel Bauer fühlte eine Welle der Zufriedenheit in seinem Inneren hochsteigen. Am liebsten würde er Julia küssen und sein Glück in die Welt hinausschreien.

Das Wiedersehen fand reserviert statt. Es lag an den von beiden Seiten unterdrückten Gefühlen. „Es gibt viel zu erzählen."
„Ja, und es wird etwas wachsen und es wird ganz wunderbar werden." Die Gedanken von Julia waren bei ihrem ersten Treffen vor vielen Monaten mit Daniel. Sie erlebte es, als wäre es zeitnah passiert:

Sie befand sich nach dem Ausbruch aus dem
Gefängnis in Vechta auf der Flucht. Es spielte
vermutlich keine Rolle, wohin sie jetzt rannte. Sie
rannte, als ginge es um ihr Leben. Mit einem
Taschenmesser markierte sie an Bäumen
Schnittstellen. Jeder Wegabzweig wurde so von ihr
gekennzeichnet. Bis sie die B 6 erreichte. Sie
notierte den Kilometerstein 235. Es blitzte ein
Lächeln in Julias Gesicht auf. Es war wohl das 10.
Fahrzeug, das anhielt. Julia beugte sich vor und
schaute in die von ihr geöffnete Tür. „Wo fahren sie
hin?"
„Über Syke nach Bremen. Und, wie weit wollen
sie?"
„Ja, die Richtung passt."
„Sie kommen mir etwas nervös vor." Julias
Verfassung war wie zwischen Himmel und Hölle.
„Wenn sie lieber wollen, dass ich anhalte und sie zu
Fuß weitergehen möchten, so müssen Sie das nur
sagen!"
Julia zögerte kurz. „Nein, alles in Ordnung. Ich bin
ein wenig durcheinander."
„Kommen sie von der Arbeit?"
„Ich war einige Tage auf einem Kongress. Nun geht
es mit einem kleinen Abstecher wieder nach
IIause."
„Sie sind Arzt?"
„Ja, Klinikum Links der Weser."
„In Bremen?"
„Richtig." Julia wartete darauf, dass der Mann sich
für sie interessierte. Es dauerte nicht lange, dann

fragte Daniel Bauer. „Und sie? Wohnen sie hier in der Gegend?"

Julia überlegte ein Lügengerüst. Es sollte stabil sein. „Ich war zu Besuch bei meiner Oma. Der hat mich mitgenommen. Alzheimer. Ja, und dann habe ich noch den Bus verpasst."

„Es gibt hinter Syke einen sehr zu empfehlenden Landgasthof. Da wollte ich einen Halt machen. Ist das okay? Ich lade sie gerne zum Essen ein."

„Das kann ich nicht annehmen. Sie nehmen mich schon mit. Nein, danke, ich habe Geld dabei."

„Scheiße, warum habe ich so einen Scheiß geantwortet?", fragt sich Julia. Sie lächelt den Arzt an. „Ich habe es mir überlegt. Gerne. Danke für die Einladung."

„Ich weiß, bei einer Frau ist ein „NEIN" oft ein"JA"."

„Berufserfahrung?"

„Lebenserfahrung?"

„Sie sind verheiratet?"

„Ja. Sehr glücklich." Und das wusste nun Julia einzuschätzen. Wenn ein Mann ungefragt prahlt, ist was faul. „Und sie?"

„Ich habe meinen Mann ermordet."

Daniel Bauer beginnt laut zu lachen.

„Der war gut!" Den Arzt schätzte Julia Schönherr so um die fünfzig. Gefährliches Mannesalter. Im Landgasthof suchte sie erst einmal die Toilette auf. Sie schaut in den großen Wandspiegel. „Hallo, gehts noch. Julia. Ungeschminkt. Durchgeschwitzt. So mit einem noblen Herrn an einem Tisch zum Essen? Und dann? Ja, wenn es so kommt, bitte."

Vergessen ist Flucht, vergessen der tote Mann im Wald. Ihre Gedanken sind voll im Jetzt. Im Gasthof sind nur wenige Tische eingedeckt. An der Theke sitzen einige Männer, prosten sich mit den Biergläsern zu. Daniel Bauer blickt auf den an der Wand hängenden Fernseher. Sieht eine Suchmeldung der Polizei. Und was er sieht, macht ihn fassungslos. Die Gesuchte ist seine Begleitung! Ausgebrochen aus dem Frauengefängnis in Vechta. Er beobachtet die Männer an der Theke. Stellt fest, dass die mit etwas anderem beschäftigt waren und nicht mit dem laufenden Fernsehprogramm. „Schon die Speisekarte studiert?"

Julia geht kess auf den Arzt zu. „Ja, sehr lecker. Hausmannskost." Julia nimmt die Speisekarte.

„Rinderroulade. Und sie?"

„Ich schwanke noch zwischen Königsberger Klopse und der Rinderroulade."

„Zweimal die Rinderroulade bitte."

„Und was darf ich für Getränke aufnehmen?"

„Bier vom Fass, der Herr?"

„Ja, eines geht."

„Für mich ein Glas trockenen Rotwein bitte."

„Wir haben uns noch gar nicht vorgestellt. Ich fange mal an. Daniel Bauer."

„Angenehm, Claudia."

„Und weiter?"

„Neumann, Claudia Neumann."

„Und was arbeitet Claudia so den ganzen Tag?"

„Ich bin ...." Daniel Bauer unterbricht sie. „Egal, sie gefallen mir. Wollen wir „DU" sagen?" Die beiden

prosten sich zu. Bevor das Essen serviert wurde,
ging Daniel Bauer an die Theke. Befragt den Wirt.
„Vermieten sie auch Zimmer?"
„Eine Nacht?"
„Ja, wir sind doch von der langen Fahrt reichlich
erschöpft."
„80 Euro, Frühstück ab 7 Uhr bis 10 Uhr."
„Machen wir so."
„Ich gebe ihnen das Zimmer 15. Erste Etage, rechts
den Gang runter." Gut gelaunt geht Daniel Bauer
an den Tisch zurück. „Sieh mal, was ich hier habe."
Er zeigt Julia den Zimmerschlüssel. „Claudia, ich
möchte dich etwas näher kennenlernen." Julia zog
eine Augenbraue hoch. „Kennenlernen?" Ihr war
klar, der Mann will das, was viele Männer wollen.
Sie musste schnell die neue Situation erfassen.
„Also, du möchtest den Nachtisch auf dem Zimmer
einnehmen."
„Ich sehe, wir verstehen uns." Während des Essens
hatte Julia nur einen Gedanken: „Was kann ich
aus der Begegnung für Kapital schlagen?" Die
Gedanken des Arztes waren ganz anderer Art. Eine
Mischung aus Interesse und Lust auf Abenteuer.
„Wer war diese Frau? Hatte sie keinen Scherz
gemacht, die Wahrheit gesagt? Ihren Mann
umgebracht? Aber warum?" Der gut situierte Arzt
ist nicht gierig nach Fleisch. Er nimmt Julia in den
Arm. Sie fühlt sich geborgen. Ein ganz neues
Gefühl. Echte Herzenswärme. Sie merkt, dass sich,
ganz normal, etwas bei dem Mann regt. Sie löst sich
von der Umarmung und kniet sich vor dem Mann

hin, öffnet ihm die Hose und fasst seinen kleinen
Daniel an. Der wird zum Helden. Sie masturbiert
eine Zeit, kurz vor der Erregung hört sie auf.
Gekonnt zieht sie ihren Pullover hoch, öffnet den
BH und streift ihn ab. Daniel sieht den Wahnsinn.
Eine herrliche Brust mit stehenden Knospen.
Zärtlich berührt er den außergewöhnlich großen
Knospenhof. Julia streift den Slip ab. Die Beine hat
sie einladend, leicht gespreizt, angewinkelt. Der
Arzt legt sich hinein. Eine mollige Wärme erfüllt
ihn. Julia zieht ihn an sich heran. Führt seinen
Penis ein. Wilde Stöße bringen beide in Ekstase.
Sie schmeißt Daniel von ihrem Körper herunter.
Türmt sich über ihn auf. Wild ist ihr Rhythmus. Sie
legt sich auf die andere Bettseite. Daniel will zu Ihr.
„Warte! Pause. Wir haben Zeit, Daniel.”
Sie schaut auf den Penis des Arztes. Der scheint
sein Versprechen zu halten. „Ich mache es dir.“
Julia überlegt. „Ob Daniel wohl zweimal kann?
Bestimmt. Wie viel Pause muss sie ihm lassen?“
Etwas beruhigt bedient Julia nach einer Weile
Daniels gutes Stück. „Zeig ihn mir.”
Sie lässt keinen Zweifel aufkommen. Nimmt eine
andere Stellung ein. „Aber ich will noch mehr.”
Julia gibt die Richtung vor.

Julia erinnerte sich an die Geschehnisse des
nächsten Tages nach der ersten Begegnung.
„Versprochen ist versprochen!”
„Guten morgen, Claudia.” Daniel stellt ein Tablett
mit einem köstlich zubereiteten Frühstück auf das
Bett.

Julia war bereits im Bad. Sie trägt einen hellblauen
Bademantel. „Du duftest ja besser als der Kaffee."
Daniel gibt Julia einen Kuss. „Danke, Du bist lieb."
Zuerst essen sie eine besondere Müsli-Mischung.
„Woher wusstest du das, ich liebe Nüsse im Müsli."
Dann steht Daniel noch einmal auf. Holt eine
Flasche MOET. Der Morgen besiegt die Nacht!"
Julia stellt das Tablett auf den Boden. „Packst du
gerne Geschenke aus?" fragt sie kess und öffnet
Ihren Bademantel. „Kannst du schon wieder?"
„Was heißt schon wieder, noch immer!" Sie küssen
sich, Julia wird schnell feucht, die beiden legen
sich aneinander. Julia bedient die wachsende Gier
von Daniel mit wechselnden Stellungen. „Wo hast
du das gelernt?"
„Von Postkarten." Julia lacht ihn dabei an.
„Und du?" Draußen ist ein herrlicher Tag mit viel
Sonnenschein. Julia kommen Gedanken. „Ist es
eine Affäre für den Arzt oder kann mehr daraus
werden? Aber wie soll das gehen? Sie ist auf der
Flucht. Nach ihr wird gesucht." Sie denkt an den
toten Mann am Teich. „Kann ich Daniel das Erlebte
anvertrauen?" Sie fasst einen Entschluss. „Wie
wird der Arzt die Wahrheit aufnehmen?"
„Daniel, eine Frage. War das für dich eine, okay
mehrmals, also, ich meine......"
„Sex?"
„Ja, oder hast du echte Gefühle für mich?" Julia
schob sich eine lockige blonde Haarsträhne hinter
das Ohr. Daniel wurde sachlich. „Ich habe den
Fahndungsaufruf nach dir im Fernsehen gesehen.

Du warst auf der Toilette."

„Und nun?"

„Sag du es mir."

„Ja, ich habe dich angelogen. Ich heiße nicht
Claudia Neumann. Mein Name ist Julia Schönherr.
Ich bin aus dem Frauengefängnis in Vechta
ausgebrochen. Die Bullen suchen mich. Ja, ich bin
auf der Flucht und habe mich in dich verliebt."

„Na, das ist doch mal ein Anfang." Daniel Bauer
geht auf Julia zu, nimmt sie in den Arm. „Ich bin
nicht das Problem. Wenn der Wirt die Fahndung
gesehen hat, wird er die Polizei verständigen. Du
musst sofort weg. Ich regele das alles hier. Du gehst
zum Auto. Kannst du fahren? Hier ist der
Schlüssel. Parke das Auto in der nächsten
Seitenstraße. Verstanden?"

„Ja. Ich liebe dich!"

„Damit ich dich erreiche. Hier ist ein Handy. Mein
Privates. Ich rufe dich mit dem Diensthandy an."
Julia hat den Rat sekundenschnell umgesetzt. Und
das war richtig so. Als sie vom Parkplatz losfuhr,
kamen schon zwei Polizeiwagen herangefahren. Die
Beamten kümmerten sich nicht um den
wegfahrenden Wagen, sondern gingen gleich in den
Gasthof. Der Wirt hielt seinem Gast Daniel Bauer
mit der Rechnung bewusst hin. Er hatte die Polizei
gerufen. Daniel Bauer kam nicht in Erklärungsnot.
„Ich habe der Frau meinen Wagen geliehen. Sie
wollte zum Friedhof fahren."
Ein Polizeiwagen folgte den Angaben, raste zum
Friedhof Syke. Daniel Bauer sollte befragt werden,

seine Personalien aufgenommen werden.

„Am besten, wir machen das ganze auf der Wache."
Kein Problem. Ich muss aber noch kurz auf die
Toilette. „Ich bin es. Die Bullen sind da. Ich fahr
jetzt zum Revier. Die nehmen ein Protokoll auf.
Lass den Wagen im Wald stehen. Der wird gesucht
werden. Geh zu Fuß weiter. Ich melde mich." Etwas
später herrschte im Polizeikommissariat Syke in
der Waldstraße 4 große Aufregung. Eine
Vermisstenmeldung mit Hilfeersuchen beherrschte
an diesem Morgen alles. Die Befragung von Daniel
Bauer wurde zur Nebensächlichkeit. Seine Angaben
zum Treffen mit der gesuchten Julia Schönherr
schienen plausibel für die Beamten. Seine
Personalien wurden notiert. Die Diebstahlsanzeige
aufgenommen.Ein Foto brachte schnell Klarheit.
Bei dem Vermissten aus Bremen handelte es sich
um den Reeder Rolf Baumann. Chef einer
alteingesessenen Bremer Großreederei. BAUMANN
und WILKE. Die Bremer Polizei arbeitete an dem
Entführungsfall des 58-Jährigen. Hinweise deuten
auf einen Aufenthalt in der Nähe von Syke hin.

„Wo bist du?" Julia Schönherr ist erleichtert. „Habe
den Bullenwagen noch gesehen. Ich konnte mich
im Wald verstecken."

„Zusammen können wir nicht weiter. Ich nehme ein
Taxi. Zu zweit fahren ist zu gefährlich."

„Danke, dass du dich meldest."

„Habe ich doch gesagt. Bleib immer ganz ruhig,
überlege jeden Schritt, jede Richtung. Wir schaffen
das. Ich habe eine Jagdhütte in Friedeholz.

Versuche da hinzukommen. Ich schicke die
Koordinaten. Der Schlüssel liegt unter der
Fußmatte vor dem Eingang." Alles sah aus, als
kämen die Bewohner gleich wieder. Als wollte die
gemütliche, kleine Hütte wachgeküsst werden. Die
Betten waren abgedeckt, die Bademäntel hingen im
Schrank, Teller, Tassen, Gläser standen
aufgeräumt im Schrank. Nur Spinnweben wiesen in
allen Ecken darauf hin, dass einige Zeit in der
Hütte niemand mehr gewesen war. Julia reißt
erwartungsvoll die Tür vom Kühlschrank auf.
„Prost Daniel!"
„Na immerhin ein BECKS."
„Gut, das hat geklappt. Dort kannst du bleiben. Im
Schrank steht ein Jagdgewehr. Es ist geladen. Die
Munitionsschachteln sind in der Schublade."
„Schießen kann ich."
„Ich weiß."
„Bleib in der Hütte. Einiger Vorrat an Lebensmitteln
ist da. Für eine Woche wird er reichen. Ich
versuche, innerhalb einer Woche zu kommen."
„Liebst du mich?"
„Ja. Fühl dich gedrückt!"
Das Gewehr gab Julia etwas Sicherheit. Sie legte
sich aufs abgedeckte Bett. Die Fensterverschläge
ließ sie zu. Interessiert untersuchte sie die Hütte.
Fand unter dem Teppich eine Bodenklappe. Mit
einer Taschenlampe leuchtete sie hinein, entdeckte
eine ausklappbare Holztreppe. Ein schmaler Gang
wurde sichtbar im Schein ihrer Lampe. Sie ging
einige Meter und entdeckte einen Stollen. Nach

etwa 200 Metern kam sie an einen Holzverschlag.
Nach dessen Öffnung wurde ein großes
abschüssiges Feld sichtbar. Die Jagdhütte liegt
etwa auf 45 Meter Höhe in dem bewaldeten
Forstgebiet. Nun steht sie vor einer großen Ebene.
Julia versucht Orientierung zu gewinnen, geht
einige Hundert Meter und kommt wieder an dem
Eingang zur Jagdhütte. „Also ein Rundweg."

Daniel Bauer ahnte und spürte die Gedankenwelt
seiner Freundin. Er fuhr in Richtung Friedeholz.
Die erste tiefere Begegnung sollte in der Jagdhütte
stattfinden. Er hatte alles so vorbereitet, wie es
damals war.
„Ich wusste es, Schatz. Dann Prost." Zwei BECKS
Flaschen stießen aneinander. Dann liebten sich die
beiden.

Am nächsten Tag

„Willst du mich haben?"

Daniel Bauer antwortete nicht, nahm eine
Schachtel, öffnete sie und entnahm ihr ein goldenes
Kettchen mit einem Herz daran. Julia hatte
verstanden.

Mit einem fantastischen Sonnenaufgang hatte sich
der neue Tag angekündigt. Der Arzt sah es als ein

gutes Zeichen für einen Neuanfang in seinem Leben. Musste sich aber erst einmal mit dem Gehörten seiner Freundin auseinandersetzen.

„Immer wieder Baumann. Kann uns dieser Bann nicht loslassen? Daniela will dich erpressen, bedroht dich und mich. Timo Baumann hab ich operieren müssen. Den verfluchten Typ, der es mit meiner Frau, also meiner Ex-Frau getrieben hat und jetzt mit ihr zusammenlebt. Scheiße. Das fängt ja gut an!"

„Und wenn wir den Bullen was stecken?"

„Der DIAZ-Clan ist gefährlich. Hochbrisant das Ganze. Das kannst du vergessen. Die kennen nur eines und das ist Verräter auszuschalten."

„Und wenn Daniela es tatsächlich schaffen sollte, nach Hildesheim verlegt zu werden und irgendwie entkommen kann?"

„Die wird gar nicht in Hildesheim ankommen. Die befreien die schon auf der Fahrt dorthin."

„Geld bedeutet Macht. Macht bedeutet Gewalt."

Daniel Bauer war in seinen Gedanken schon einen Schritt weiter. Seine Sorge galt der Mitwisserschaft von Julia. Plötzlich hörte er ein Knacken. Er sah zwei Gestalten, die sich der Jagdhütte näherten. „Scheiße, Julia, du kennst dich aus. Schnell runter in Schacht. Du kennst den Weg zum Stollen und dann weiter. Ich komme nach!"

Der Arzt nahm das Jagdgewehr aus dem Schrank und machte es schussbereit. Die Tür der Hütte wurde aufgerissen. Daniel Bauer schoss sofort.

Ein Wurfmesser, geworfen von dem zweiten Mann,
traf ihn mitten ins Herz. Daniel Bauer war sofort
tot. „Scheiße, ich wurde getroffen. Nur ein
Streifschuss, geht schon." Die beiden Männer
stürmten in die Jagdhütte. Durchsuchten sie
akribisch, fanden die gesuchte Person nicht.
„Scheiße, die Hütte ist leer. Hier ist niemand. Und
nun?"
„Bin ich ein Hellseher? Wir müssen der Chefin
Bescheid geben. Dann sehen wir weiter."

Etwas später

Friedeholz

Julia Schönherr setzte sich ins Gras und lehnte
ihren Rücken an einen umgestürzten Baum.
Warten. Wie lange warten? Sie senkte ihren Kopf
und dachte nach. Zurück zur Hütte gehen? Weiter
warten? Einen Schuss hatte sie gehört. Wem galt er
und was ist dann passiert? Warum braucht Daniel
so lange?

Sie nahm allen Mut zusammen und ging zur
Jagdhütte zurück. Bald purzelten die Worte nur so
aus ihr heraus, gaben keinen Sinn. Tränen flossen
durch ihr verschwitztes Gesicht. Sie sah die
Wahrheit vor Augen, das Unfassbare, die große

Liebe lag auf einem begrenzten Fleckchen Erde.
Einem staubigen Fußboden.

Die Gedanken von Julia Schönherr wechselten von
einem totalen Durcheinander zu klarem Verstand.
Letztlich siegte das Letztere. Sie griff in die
Jackentasche von ihrem Freund. Entnahm der
Brieftasche den Personalausweis und zwei
Kreditkarten. Fand in einer Hosentasche einen
Schlüsselbund, welches sie mit den
Wohnungsschlüsseln und Fahrzeugschlüsseln in
Verbindung brachte. Sie nahm sein Handy, nutzte
die Funktion der Gesichtserkennung und
entsperrte es. Nahm einige Blicke in Fotos und
SMS-Verkehr. Bekam wichtige Informationen aus
dem Leben des Arztes. Hob mit den Kreditkarten an
verschiedenen Bankautomaten in Syke Bargeld von
den Konten des Arztes ab. Sie war sich sicher,
Daniel hätte es so gewollt. Gewollt, dass sie nicht
mittellos ist. Dann machte sie sich auf den Weg zur
Polizeiwache nach Syke. Schilderte den erstaunten
Beamten den Ablauf des Geschehens. Erklärte die
Zusammenhänge. Ein Protokoll wurde
aufgenommen, welches sie unterschrieb. Als
Anschrift gab sie die Adresse von Daniel Bauer in
Worpswede an. Danach fuhr sie zum Wohnsitz des
Arztes nach Worpswede.

Das Netzwerk des Clans leistete ganz Arbeit. Einige
Tage später wurde Daniela Baumann befreit. Ein
perfekter Plan wurde umgesetzt. Das Fahrzeug der
JVA Vechta wurde durch aufgestellte Schilder

umgeleitet. Dann schlugen die Täter zu. Zwei Beamte wurden getötet, einer schwer verletzt zurückgelassen. Er konnte noch einen Notruf absetzen, verstarb dann aber noch vor dem Eintreffen des Notarztes.

Einige Tage später

20

Bremen

Zwei Frauen, beide ganz in Schwarz gekleidet, trafen sich im MOLE CAFE. Jessica Bauer hatte zum Gespräch mit Julia Schönherr den Privatdetektiv Sven Lohner dazu gebeten. Es waren unfassbare Erlebnisse auf allen Seiten. Der Unfall von Timo Baumann, der Attentatsversuch auf ihn im Krankenhaus Bremen-Ost, der Mord an Daniel Bauer in Friedeholz, die bekannt gewordene Befreiung von Daniela Baumann, die Erpressung,

die Bedrohung aller im MOLE CAFE anwesenden.
Ein Szenario von unglaublicher Tragweite und
sicherlich in einem größeren Zusammenhang
stehend. Dazu eine Polizei, die in ihren
Ermittlungen nicht weiter kommt.

„Es ist noch nicht zu Ende. Ich denke, es geht eher
richtig los." Sven Lohner wollte nicht unhöflich
sein, musste vor den beiden Damen das Wort
ergreifen. „Ich kann mir gut vorstellen, was in den
Köpfen von zwei trauernden Frauen vorgeht.
Vergessen sie es bitte. Mit SIE meine ich euch
beide."
Dabei schaute er Jessica Bauer und Julia
Schönherr eindringlich an. „Rache ist ein
schlechter Ratgeber, Vergeltung ausüben noch
schlechter!"

Julia Schönherr ist ganz klar in ihrer Aussage:
„Daniela Baumann oder ich. Ich habe mich für
Daniela Baumann entschieden. Und da wird mich
niemand von abhalten. Kein DIAZ-Clan, keine
Polizei und auch du nicht, lieber Sven Lohner."
„Das sehe ich auch so."
Jessica Bauer pflichtete ihrer unerwarteten neuen
Freundin bei. „Das sind wir Daniel und Timo
schuldig!" Beide Frauen lächeln. „Wie heißt es
doch, Auge um Auge, Zahn um Zahn. Sagt doch
schon die Bibel aus. Gott ist mit uns!"

„Noch eine Tasse Kaffee? Hat ihnen die Torte
geschmeckt?"

Die Bedienung war freundlich, kannte Jessica Bauer als Stammkundin. „Ja, bitte."

„Und drei Gläser vom stärksten Schnaps, den sie haben."

„Den brauche ich aber auch. Das Wissen eurer Ideen kann mir den Job kosten. Eher noch mehr. Mitwisser ist gleich Mittäter. Das ist doch alles Scheiße. Und macht mir Sorgen. Die habe ich genug. Stefanie ist immer noch verschwunden. Da muss ich mich kümmern. Was mach ich, sitze mit euch hier. Okay, immer sehr schön hier im MOLE CAFE, aber ich habe in meinen Gedanken mit der ganzen Situation zu kämpfen."

„Doch, genieß den Moment. Denke ganz fest an Stefanie. Sende ihr Kraft und Energie. Ich mache das jeden Tag für Timo."

„Okay, noch drei von denen." Die Bedienung hatte verstanden. „Soll ich die Flasche auf dem Tisch stehen lassen?"

Zur selben Zeit

Syke

In seiner Erinnerung sah sich Hotte als 10-Jähriger in einen dunklen Schrank eingesperrt. Seine Beine und der Kopf ganz eng am Holz während sein kleiner Hintern auf dem stinkenden Holzboden saß. „Du bleibst da so lange drin, bist du verstanden hast, wie ein Junge sich benimmt."

Laut, wie eine Kreissäge, hört Hotte diese Sätze der Pflegerin. Die Erinnerungen an die Jahre des Lebens im Heim bringen ihn in Rage. Er stellt den PC an. Surft etwas umher, findet die Internetseite LOVING ANGEL (Liebevoller Engel). Er schnalzt mit der Zunge. Erkennt sofort das Profil von Natalie Schwarz. „Wenn es denn so sein soll! Liebevoller Engel. Von Wollust und Gier getrieben. Solche Frauen sind keine Engel. Er geht zu seiner Fotowand, streichelt jeden Buchstaben der Schrift

„THE CLEANER" und bringt ein **X** an.

Ein Tag später

Bremen

Tobias Reuter liest freudig die Nachricht. „GIBT ARBEIT".

Er wusste, dass die Seite LOVING ANGEL florieren wird. Was er nicht wusste, dass die Polizei ihn observiert. So folgte ihn auf Schritt und Tritt ein Beamter in Zivil. Die verdeckten Ermittler arbeiteten im Team. Ein zweiter Beamter konnte jederzeit übernehmen.

„Ich wünsche dir einen schönen Tag."
„Ich dir auch, Hotte!"
Etwas monoton gesprochen, von Stefanie Wolter.
Im Innersten ist sie ganz froh, dass ihr Peiniger das Haus verlässt.
„Fährt er zur Arbeit?"
Meine Gedanken überschlugen sich. Passiert bald wieder etwas Neues?

Hotte hatte ein klares Ziel. Den gezahlten Liebeslohn wollte er auskosten. Natalie Schwarz ist als „Loving Angel" zwar nicht seine Preisklasse, aber diesmal ist ja alles ganz anders. Soll ganz anders kommen. Er ist „The Cleaner"!

Die Beamten, die Tobias Reuter folgten, „schossen" ihre Fotos. Jeder Personenkontakt wurde festgehalten. So auch der mit Natalie Schwarz. Sämtliche Fotos werden zeitnah an die Soko WALD übermittelt. Weitergeleitet an Florian Weise, LKA. Ein Katz-und-Maus-Spiel.

Hotte hat sich zum Treffen etwas Besonderes einfallen lassen: Die Wallanlagen. Wie ein grünes Band umschließen die historischen Wallanlagen das Stadtzentrum Bremens. Ansteigende Hügeln, den sich malerisch schlängelnden Stadtgraben und mit einem gut erhaltenen Baumbestand bereichern sie enorm die Stadt. Bekannter Treffpunkt: Die

Mühle. Sie drückt den Wallanlagen ihren Stempel auf.

„Kennen wir uns?" Natalie Schwarz begrüßte den Mann kess. „Nicht dass ich wüsste. Aber ich hoffe, das ändert sich bald."
„Drei Stunden, 30 Minuten Sex sind dabei, wenn sie möchten. Haben sie für ein Quartier gesorgt?"
„Ich denke, wir speisen erst. Dann sehen wir weiter. Ist es nicht herrlich hier?"
„Ja, eine der besten Adressen in Bremen. Gut gewählt."
„Danke."
„Die charakteristische Zickzackform stammt aus einer Zeit, in der die Wallanlagen noch als Befestigungsanlage mit vielen Geschützen zum Schutz der Stadt dienten. Aber die stetige Verbesserung der Waffentechnik machte den Befestigungswall schon Ende des 18. Jahrhunderts nutzlos und bald ein Ende. So beschlossen die Stadtväter im Jahre 1802 die Wehranlage zu einem Ort der Schönheit und Kultur umzugestalten. Die Wallanlagen sind seitdem die erste von einem Parlament beschlossene öffentliche Grünanlage in Deutschland."
„Interessant, mein Herr. Wie kann ich sie ansprechen?"
„Hotte, ganz kurz. Einfach Hotte."
„Okay!"

Die beiden gehen entlang von blühenden Wildstauden, Azaleen und Rosenbeeten.

Setzen sich auf den grünen Rasen. Hotte spürt innerlich eine Beobachtung. Unauffällig wandert sein Blick umher. Er versucht die Umgebung wahrzunehmen. Vernimmt Spaziergänger. Bittet die Frau ihm zu folgen, sich auf eine 20 Meter entfernte Bank zu setzen.

Hotte fühlt sich bestätigt. Die übrigen Personen bewegten sich weiter, in gleichem Abstand. „Da vorne, der Mann, gehört er zu ihnen? Ihr Aufpasser?"
„Der Job ist nicht ungefährlich, Hotte. Es gibt böse Menschen. Und davon ganz viele!"
„Das stimmt. Leider ist das so."

Zur selben Zeit

Im Team der Soko WALD gibt es Gesprächsbedarf. Die Auswertung der vielen Fotos brachte HK Tomke Schmidt ins Staunen. Er telefoniert mit Florian Weise vom LKA. Die beiden Kommissare beurteilen die Lage. Drei beteiligte Personen aus dem Raster. Tobias Reuter, Natalie Schwarz und Erwin Junghans. „Kommissar Zufall, oder was meinst du?"
„Wohl einer zu viel. Denke, da läuft was. Sorge dafür, dass Tobias Reuter festgenommen wird.

Einer der Observierer soll an Natalie Schwarz
dranbleiben."

Tobias Reuter wurde regelrecht überrumpelt. Voll
auf das Geschehen mit Natalie Schwarz fokussiert
nahm er den Polizisten erst wahr, als er eine Pistole
im Rücken spürte. Den Worten: „Bleiben sie ganz
ruhig", folgte das Anlegen der Handschelle. Dann
ging der Beamte mit ihm fort.

Hotte reagierte gelassen. „Kommen sie, wir gehen
ein paar Schritte." Die beiden gehen zur Straße Am
Wall hinunter. Hotte hält ein Taxi an. Besteigt es
mit Natalie Schwarz und gibt dem Fahrer das
Fahrziel an.

„Scheiße!"
„Ja, was ist denn das für eine Scheiße!"
Als Tomke Schmidt die geplatzte Observation
vernahm, explodierte er förmlich. „Heike!"
„Ja, Chef?"
„Das ganze Programm. Jetzt muss es schnell gehen,
ganz schnell. Wir müssen Kontakt mit dem Taxi
bekommen. Taxi-Bremen 14014."
Immerhin gab es ein Foto mit der Aufnahme des
Fahrzeug-Kennzeichens. Der Fahrer des Wagens
wurde schnell erreicht. „Und?"
„Die Insassen sind ausgestiegen. Einsatzwagen sind
informiert. Sind unterwegs zum Rembertiring."

Tomke Schmidt fragt sich; „Wo will Erwin
Junghans mit der Frau hin?"

Etwas später

Hotte schaut auf die Uhr. Er nimmt die
vorbeirasenden Polizeiwagen zur Kenntnis. „Ich
muss mal auf die Toilette. Die nächste Kneipe, hier
sind doch so viele. Wollten wir nicht noch zum
Essen gehen?"
„Da vorne, AL PAPPAGALLO, Italiener."

Natalie Schwarz brauchte nicht zur Toilette. Nutzte
es als Vorwand, um mit Tobias Reuter Kontakt
aufzunehmen. Fehlanzeige! Sie ist verunsichert.
Verlässt das Restaurant durch eine Hintertür.
Hotte wartet vergebens. Dann verlässt auch er das
Lokal.

21

Syke

Gibt es das perfekte Verbrechen? Nein. Hotte hat einen Fehler begangen. Den „Liebeslohn" an Natalie Schwarz online mit Kredit-Karte gezahlt. Natürlich überprüfte die Ermittler der Soko WALD sämtliche Kontobewegungen auf dem Konto von Natalie Schwarz. Auch bei Tobias Reuter. Und bei dem schon länger. So wurde die Verbindung zu Natalie Schwarz entdeckt.

Erwin Junghans geriet wieder in den Fokus. Diesmal als Tatverdächtiger.
Ein maskiertes und
bewaffnetes Spezialeinsatzkommando (SEK) der Bremer Polizei hat am frühen Tag das Bauernhaus in Syke durchsucht. Türen wurden aufgebrochen. Silke Beier war fassungslos. Über den Einsatz überhaupt und den Fund im Haus im Besonderen. In einer Kühltruhe wurde der Leichnam des Hauseigentümers entdeckt. In einem weiteren Raum die Fotowand. THE CLEANER. Mit allen Fotos und Markierungen. Zeitungsausschnitten.

Von Stefanie Wolter gab es keine Spur. Erwin Junghans hatte sie betäubt, brachte sie aus dem Haus und fuhr mit ihr davon.

Die Presse überschlug sich mit den Berichten, Nachrichten. TV-Stationen zeigten Video-Aufnahmen.

-DIE BESTIE VON BREMEN-ENTTARNT!-

-DIE BESTIE VON BREMEN-AUF DER FLUCHT!-

Die Sorgen von Sven Lohner wurden nicht geringer.
Im Gegenteil, sie wurden größer. Zweifellos hatte
die Gefahr für Stefanie Wolter zugenommen.

Die Meldung von Zeugen häufte sich.
Es waren Hunderte. Die einen wollten Erwin
Junghans in Bremen gesehen haben, andere ganz
woanders. Die Polizei musste Schwerstarbeit
leisten. Hoffte auf den entscheidenden Hinweis aus
der Bevölkerung.

Eine Ringfahndung wurde eingeleitet. Es können
nun verstärkt Polizeikontrollen durchgeführt
werden, innerhalb einer Großfahndung nach dem
Täter.
Erwin Junghans wurde von der Staatsanwaltschaft
mit der Zustimmung eines Richters als Zielperson
ausgewählt. Jetzt ist auch eine Rasterfahndung
möglich. Sie erfolgt auch mit Einbeziehung von
elektronischen Daten.
„Es ist eine Frage der Zeit, nicht, ob und wann wir
den Mann fassen. Leider geht es dabei auch um das
Leben einer Kollegin. Das hat Vorrang!"

Ob Tomke Schmidt gehört wurde? Jetzt sind
Spezialisten am Werk. Er selbst kann nur
abwarten. Unfassbar für ihn. Erwin Junghans ein
Geiselnehmer. Und er ärgert sich.
„Wir waren schon ganz frühzeitig an dem Mann
dran!"

Silke Beier wurde in Schutzhaft genommen. In den
Polizeigewahrsam. Erstens, weil eine Mittäterschaft
nicht auszuschließen ist. Zweitens, weil auch sie in
Gefahr ist. Das Bauernhaus ist versiegelt. Ein
Polizeiwagen steht ständig vor der Tür.

Zur selben Zeit

Es gibt ein Sprichwort: Alles, was nur einmal
geschieht, geschieht vielleicht nie wieder. Aber das,
was zweimal geschieht, wird mit großer
Wahrscheinlichkeit ein drittes Mal geschehen! Ich
habe die Dinge erlebt. Kann das bestätigen.
Zweifellos, das erste Mal kam ich mit dem
Schrecken davon. Und dieses Mal? So ein
Wahnsinn. Nur langsam erwachte ich. Nur eine
Dunkelheit um mich herum. Wo war ich? Ich
tastete mich langsam in alle Richtungen meiner
Behausung. Spürte die Enge. Spürte Holz. „Bin ich
in einem Holzverschlag? In einer Erdhöhle? Und
wenn ja, in welcher Gegend?"

Es gab keine Spur von Hotte. „Wo ist er?" Ich stellte
mir das Schlimmste vor. Mein Verbleiben hier. Wird
Hotte wiederkommen? Mein Wasservorrat ist
begrenzt. „Oh, mein Gott. Bitte hilf mir. Ich
brauche dich."

Manchmal gibt es Schlüsselfiguren im Leben. Ich denke über die in meinem Leben nach. Mein Vater? Sven Lohner? Martin Hellweg? Hotte?

Schlüsselfiguren wirken wie ein Zeichen, die das Leben verändern. Bestimmen den Verlauf des Lebens hin zum Guten oder Bösen. Dieses Gefängnis, wahrscheinlich unter der Erde, ist das bisher Schlimmste, was ich erfahren musste. Kann es noch schlimmer kommen? Ich stelle mir vor, es regnet Tag und Nacht. Wasser dringt ein. Mein Verlies wird zu einem Wasserbecken. Ich strecke meinen Kopf noch oben. Ich bin eine der vielen verschwundenen Menschen. „Sucht man nach mir?" Ich erinnere mich, wie ich damals aus dem Haus in Worpswede flüchten konnte. Befreit wurde. Hoffnungsvolle Gedanken sind ein Unsinn, der in so tragischen Situationen dem Menschen einfällt. Die Hoffnung stirbt zuletzt. Oder sterbe ich vorher?

Etwas später

„**S**prich mit mir!"
„Wenn du Hotte bist, sprich mit mir!" Hotte wagte nicht zu antworten. Okay, die Frau lebt. Er hatte keine andere Wahl. Auf der Flucht war die Polizeipsychologin nur hinderlich. Die aus Holz ummantelte Erdgrube hatte er für eine ganz andere

Person vorgesehen. Für Peter Graf. Eine Person
fehlte noch. Er trommelte auf seine Brust. „Ja, ich
bin THE CLEANER. Und ich bringe es zu Ende!"

Erwin Junghans hat sich die 6. Person bereits vor
einiger Zeit ausgesucht. Der Mann, ein Schöffe bei
einem Jugendschöffengericht. Unvorstellbar, aber
zwei Schöffen können einen Berufsrichter
überstimmen.
Ein Schöffe, eine Frau, ist bei einem Verkehrsunfall
ums Leben gekommen. Der andere wird seine
Strafe durch Erwin Junghans erhalten. Gerade im
Jugendstrafrecht sollte man nicht auf den Ansatz
vertrauen: „Wenn ich nichts getan habe, kann auch
nichts passieren".
Das Jugendstrafrecht ist stark geprägt von einem
Erziehungsgedanken. Die Staatsanwaltschaft und
auch die Gerichte konzentrieren sich ohne gezielte
Strafverteidigung mehr auf die Straffolgen als auf
die Aufklärung, was tatsächlich passiert ist. Hotte
erinnert sich: Das Jugendstrafverfahren begann mit
einer Strafanzeige. Die Polizei und die
Staatsanwaltschaft eröffneten bei einem
Anfangsverdacht ein strafrechtliches
Ermittlungsverfahren. Eine Farce.

Letztlich die Entscheidung des Gerichts durch das
Urteil. Es erfolgte keine Einstellung des Verfahrens.
Zuchtmittel oder die Jugendstrafe?
Bei den Zuchtmitteln können Freizeitarbeit, die
Teilnahme an Gewaltpräventionstraining oder auch
Jugendarrest verhängt werden. Damals begann
eine schlimme Zeit für Hotte.

Einige Tage später

22

Bremen

„**D**ie meisten Informationen sind sehr oberflächlich."
„Dann machen sie es gründlicher!"

Tomke Schmidt ringt nach Luft. Er blickte über seine Schulter hinweg, wie ins Leere.
„Die Recherchen sind noch nicht beendet."
Heike Best bemüht sich, sich zu beruhigen.
„Diese beschissene Täter-Opfer-Rolle. Ich will nichts davon hören."
„Chef, okay, aber es beginnt nun einmal mit der Kindheit im Leben von Erwin Junghans."
„Klar, Schuld haben immer nur andere. Bullshit."
„Es gibt merkwürdige Stationen, die sollten

aufgearbeitet werden."

„Ja, aber nicht von uns. Wir sind die Mordkommission. Vergessen?" Er sah sie auffordernd an. „Täter, die in die Opferrolle geschlüpft sind, verbergen ihr wahres Gesicht. Ja, die Geschichte seiner Mutter ist schrecklich. Das rechtfertigt nicht die Taten. Und schon gar nicht die Entführung unserer Kollegin!"

Tomke Schmidt legt nach: „Das Motiv ist klar, Rache. Ein starkes Motiv. Und, wenn die Analyse von Stefanie Wolter zutrifft, ist es noch nicht zu Ende."

„Der 6. Würfel?"

„Genau!" Beiden Kriminalisten wird sofort klar. So kann es gehen. Über den 6. Fall können sie an Erwin Junghans herankommen. „Alles auf null! Wir fangen ganz früh an. Die Kindheit und Jugendzeit sind entscheidend."

„Bravo, Chef."

„Schon gut. Ran an die Arbeit!" HK Tomke Schmidt sortiert seine Gedanken. Die Motive bei Prostituierten sind aus Erfahrungen im Erwachsenenalter entstanden. Die Ermordung der Frau vom Jugendamt liegt in der Jugendzeit begründct. Dcr Bauunternehmer war für den Tod seiner Mutter verantwortlich. Der Hausbesitzer in Syke, unklar. Was übersehen wir?

OK Heike Best tritt in das Büro ein. Jubilierend hält sie eine Akte in der Hand. Es ist die über die Verhandlung beim Jugendschöffengericht. „Chef,

„Das könnte es sein. Der Richter wollte damals eine leichte Strafe. Die beiden Schöffen waren dagegen. Es kam zu einer Verurteilung. Versetzen Sie sich einmal in die Lage des Jungen. Unverständnis. Die kann heutzutage in Hass umgeschlagen sein. Ein Hass gegen die Schöffen von damals."

„Sie haben doch schon Näheres."

„Die Schöffin ist verstorben. Der andere ehemalige Schöffe lebt in einem Altersheim in Bremen."

„Und dann sind wir noch hier?"

Zur selben Zeit

Seniorenwohnpark in Bremen-Nord

Im Verlauf der demenziellen Erkrankung eines Menschen verändern sich seine Bedürfnisse und Gewohnheiten. Die Ausstattung des Wohnbereichs mit Möbeln und Einrichtungsgegenständen aus früherer Zeit sollen die Erinnerungen wecken und dem Patienten und Bewohner ein Gefühl von Vertrautheit und Geborgenheit vermitteln. Gabriel Hörmann bekommt selten Besuch. Der 70-Jährige hat einen strukturierten Tagesablauf. Er ist alleinstehend.

Am heutigen Tag war alles für Gabriel Hörmann anders. Ein anderer Pfleger kümmerte sich um ihn.

Der Mann gab dem Alten ein Glas Mineralwasser.
Der durstige Mann verlangte ein weiteres. „Gerne,
hier. Ich komme später noch einmal vorbei. Ruhen
sie sich aus."

Etwas später

„**W**ir möchten zu Herrn Hörmann, Gabriel
Hörmann."
„In welcher Eigenschaft?"
Tomke Schmidt zeigte seinen Ausweis.
„Das ist meine Kollegin Oberkommissarin Heike
Best."
„Kommen sie. Kann sein, dass Herr Hörmann um
diese Zeit schläft."
„Hallo, Herr Hörmann. Herr Hörmann? Geht es
ihnen nicht gut?"
„Einen Arzt, schnell, wir brauchen einen Notarzt!"
„Ich glaube, den braucht der Mann nicht mehr."
Heike Best fühlte den Puls. „Der Mann ist tot.
Wahrscheinlich vergiftet worden."

Das Glas und die Mineralwasserflasche wurden
untersucht. Quecksilber(II)-cyanid bildet farb- und
geruchslose Kristalle, die sich in Wasser lösen. In
Verbindung mit Cyanid-Ionen ist die Verbindung
sehr giftig. „Scheiße, wir waren zu spät!"

Die KTU stellte einen Würfel sicher. Es ist nicht verwunderlich, dass Erwin Junghans als Täter vermutet wurde.
Die Sichtung von Videomaterial der Überwachungskameras bestätigte es. Erwin Junghans hatte sich in der Kleidung eines Pflegers Zutritt verschafft. Mit einer unfassbaren Leichtigkeit gelang er in das Zimmer des früher als Schöffe tätigen Mannes. Gabriel Hörmann hatte keine Chance.

23

Bremen-Findorff

Nun war er gekommen. Der Tag. David Hellweg hatte es sich so gewünscht. Alles dafür getan, dass ein Freigang für seinen Sohn Martin möglich wurde.
Seine Gedanken kreisen um diesen schrecklichen Tag im Jahr 1996. David Hellweg hatte seiner Frau einen Schäferhund-Welpen geschenkt. Er sollte groß und stark werden. Haus, Hof und Familie beschützen, denn David Hellweg wusste, dass er als Spezialmonteur oft für einige Tage fort sei. Es war an einem Wochentag.

Einen Montag. Martin Hellweg war in Leipzig beruflich unterwegs. Christine ist mit einem Lkw mitgefahren. Der Fahrer hatte stets bei der Vorbeifahrt am Haus der Hellwegs gehupt, wenn Christine zu sehen war. An diesem Tag hielt er an, stieg aus, sprach mit Christine.

Meike und Martin waren mit Kai allein im Haus. Martin Hellweg erinnert sich genau.
Es war Vollmond. Kai war an dem Tag schon mehrere Stunden fort. Das war keine Seltenheit. Er liebte die Freiheit. Das Grundstück war nicht eingezäunt.

In der Nacht wurde Mike wach. Sie hörte ein klägliches Jammern. Weckte Martin und machte ihn darauf aufmerksam. War das Jammern, kamen die kläglichen Laute von Kai. Die beiden Geschwister liefen in den Garten hinter dem Haus. Gingen zum abgrenzenden alten Drahtzaun. Im Schein des Vollmondes sahen sie in weiter Ferne einen Schäferhund. Er hatte sich in einem Stacheldrahtzaun verhangen. Kam weder vor noch zurück. Das Jaulen wurde stärker. Martin nahm eine Holzbohle und gab seiner Schwester Meike eine kleinere. Meter um Meter legten die Kinder die Bohlen so, dass sie darauf vorwärtskamen. Nach gut dreißig Minuten erreichten sie völlig erschöpft den Hund. Es war Kai. Von seinem schwarzbraunen Langhaarfell war nichts zu erkennen. Schwarz durch getränkt vom Moor war

es farblich nur unterbrochen durch eine rote
Zeichnung. Blut. Kai blutete stark. Ein schwieriges
Unterfangen begann für die Kinder. Sie konnten
den Hund nur schwer befreien. Seine Schmerzen
waren sehr stark, er ließ Martin lange nicht an sich
heran.
Meike sprach Kai an. Der Hund beruhigte sich.
Langsam bogen die Kinder das Stacheldrahtgeflecht
zurecht. Befreiten Kai.

Auf dem beschwerlichen Rückweg zum Haus
passierte es. Meike verlor auf der glitschigen Bohle
das Gleichgewicht. Martin konnte nicht an sie
herankommen. Seine Schwester trug ein weißes
Nachtkleid. Immer mehr wurde aus Weiß ein
Schwarz.
Das Unfassbare geschah. Martin musste mit
ansehen, wie Meike immer weiter im aufgeweichten
Moor versank. Sie verstärkte ihre Bewegungen. Das
war genau die falsche Entscheidung.
Meike versank im Moor. Martin schaute zum
Himmel, der so weiß leuchtete, wie die Farbe von
Meikes Kleid.

David Hellweg ist sich sicher, die Konfrontation mit
dem Teufelsmoor wird alte Muster bei seinem Sohn
zwar in Erinnerung bringen, aber nur so wird
letztlich das Trauma zu beseitigen sein.
Er hat diese Erkenntnis aus dem neuesten
Gutachten, welches über seinen Sohn erstellt
wurde. Das zu der Erlangung von begleiteten
Freigängen führte.

Martin Hellweg wurde zu seinen Taten von der
Psychiaterin Sandra Fechter getrieben. Er wurde
ihr bereits im Alter von 10 Jahren anvertraut.
Martin war verhaltensauffällig. Prügelte sich in der
Schule, würgte Mädchen, tötete Tiere. Anfangs ging
es darum, das Problem zu analysieren, in seine
Denkmuster und Verhaltensmuster einzudringen.
Die Behandlung erfolgte unter Einbezug von
Psychopharmaka, Medikamenten, die bestimmte
Stoffwechselvorgänge im Gehirn beeinflussen und
somit die psychische Verfassung verändern.

Später setzte Sandra Fechter zu Studien für
Forschungszwecke in der Probe befindliche neu
entwickelte Benzodiazepine ein. Ein Mittel, das in
der Medizin verbreitet bei Angststörungen und
Insomnie eingesetzt wird. Martin ist von diesem
Medikament stark abhängig. Neben der
Verabreichung von Kapseln und Tabletten
verabreichte Sandra Fechter eine Spezialmischung
mit Barbituraten, sie soll gegen die akute Phase der
Schizophrenie wirken. Die Schizophrenie zeigt sich
bei Martin in Schüben, nahm stärker zu, in dem
Maße der Mond zunahm.

„Mein Junge. Bald geht es dir wieder besser. Hole
dir den nächsten Zopf. Befreie diese kaputten
Seelen."
Die Psychiaterin nahm Martin an die Hand.
„Komm, wir hören das Moorgeflüster. Machst du
das auch jeden Tag in der Zeit des Vollmondes?"
Martin Hellweg war dieser Frau hörig.

„Ja, ich danke dir für das Bild. Es beeindruckt die jungen Frauen. Sie lauschen den Klängen des Moores. Verlieren langsam die Sinne. Eigentlich brauchen sie doch keine Angst zu haben. Ich bin doch bei ihnen. Sie spüren keinen Schmerz."

So manipulierte die Psychiaterin Martin Hellweg. Er wurde zum MOORTEUFEL, dem Moor-Mörder von Bremen. Straftäter werden in eine Forensik zum Maßregelvollzug eingewiesen, wenn ihre Tat mit einer psychischen Erkrankung oder einer Sucht zusammenhängt. Zudem muss die Störung „mindestens zu einer erheblich verminderten oder aufgehobenen Einsichts- und Steuerungsfähigkeit" geführt haben.
Darüber hinaus müssen zukünftig weitere erhebliche Straftaten zu erwarten sein, aufgrund derer der Täter weiterhin als für die Allgemeinheit gefährlich gilt. Das war damals bei Martin Hellweg der Fall. Weil er seine Taten aufgrund einer psychischen Erkrankung begangen hatte, ein Gericht ihn deshalb als schuldunfähig eingestuft hatte.

Martin Hellweg durfte aufgrund seiner Therapiefortschritte, die sowohl von richterlicher Seite festgestellt als auch von externen Gutachtern bestätigt wurden, die Klinik in Begleitung verlassen.
Bei gutem Behandlungsverlauf muss der Patient auf ein freies Leben in der Gesellschaft

vorbereitet werden, was über einen längeren
Zeitraum erprobt werden muss.

Der Treffpunkt war am Findorffer Torhafen. Etwas
später legte der Torfkahn dort ab. An Bord kam
Gemütlichkeit auf. Die Mitfahrenden kamen mit
Martin und David ins Gespräch. Die Ausflugstour
endete am Biergarten, eine Attraktion in den
Sommermonaten in Findorff.

Nach der Verabschiedung seines Sohnes kehrte
David Hellweg zu seinem Wagen zurück. Bereite
den Stimmenverzerrens-Rekorder auf seinen
Einsatz vor. Mehrere Texte hatte er vorher
aufgezeichnet und gespeichert, um sie im
geeigneten Moment abzuspielen. Es wird ein Katz-
und-Maus-Spiel. Er will die 2. Tranche, nach der
erfolgreichen ersten Operation nun die 100.000.

Etwas später

Abrupt schlug Jessica Bauer die Augen auf. Stellte
fest, dass sie geträumt hatte. Sie musste eine ganze
Weile geschlafen haben. Mit klopfendem Herzen zog
sie sich einen Bademantel über. Nahm den Anruf
an.

„Hallo?" Es erfolgte keine Antwort.

Eine Gänsehaut überzog ihren ganzen Körper. Sie
hatte das Gefühl, dass jemand ganz in ihrer Nähe
war. Sie ging ins Wohnzimmer. Sah, dass das
Fenster einen Spalt offen stand. Sie prüft die Tür,
sie war verschlossen, aber nicht verriegelt.
Vorsichtshalber legt sie die Türkette vor, die sie
vergessen hatte. Es erreichte sie ein zweiter Anruf.

„Sagen sie doch etwas!"
„Eine Stunde. 100.000 Euro. Keine Polizei.
Kommen sie allein."

Die krächzende, verzerrte Stimme bringt ihr ein
Unwohlsein. „Du Arsch. Und wohin?" Sie nimmt
den dritten Anruf an. Erfährt das Ziel und ruft
sofort Sven Lohner an.

„Kannst du vorbeikommen? Ich glaube, es war
jemand in meiner Wohnung."
„Bleib ganz ruhig, kann sein, dass du unter
Verfolgungswahn leidest. Ganz normal. Ich bin
gleich bei dir."

Als Sven Lohner in der Wohnung ankam,
untersuchte er den Teppich nach Fußspuren. Nach
Fußabdrücken, um festzustellen, ob jemand in der
Wohnung war. Er inspizierte zusammen mit Jessica
die Schränke. „Es fehlt nichts, jedenfalls auf den
ersten Blick."
„Wo hast du denn die 100.000?"
„Scheiße! Das kann doch nicht sein!"

Der Plan von David Hellweg ging auf. Er hat die
100.000 Euro. Er legte in die Handtasche von
Jessica Bauer einen GPS-Sender. Installierte in der
Wohnung eine Mikrokamera, die Bilder in HD-
Qualität aufnehmen kann.

„Und nun?"
„Es wird weitergehen. Der oder die wollen eine
Million!"
Die beiden sind fassungslos. „Es hat jemand die
Gefahr nicht gescheut und ist in die Wohnung
eingedrungen. Es sind Profis!"
Dann stellt Sven Lohner klar: „Wir können die
Polizei nicht mehr länger außen vor lassen."

Er telefoniert mit Florian Weise vom LKA. Es findet
ein gemeinsames Treffen mit Jessica Bauer und
Julia Schönherr statt. Der ganze Zusammenhang,
die Erpressung, das Attentat auf Timo Baumann,
die Ermordung von Daniel Bauer, der Einbruch in
die Wohnung von Jessica Bauer, der versuchte
Anschlag im Krankenhaus auf Timo Baumann. Die
Flucht von Daniela Baumann. Die Drohung gegen
Sven Lohner.

„Es scheint ein ganz persönlicher Feldzug zu sein,
den Daniela Baumann führt. Und mit den Schergen
des DIAZ-Clans sehr gefährlich."
„Ja, die Kolumbianer sind skrupellos, verfügen
über die Struktur, Geld, Macht." Florian Weise
stellt unmissverständlich klar: „Informationen nur
noch an mich!"

„Timo Baumann hat Polizeischutz. Ich denke, wir sollten den erweitern, um den für die Personen Jessica Bauer und Julia Schönherr."
„Ich spreche mit der Staatsanwaltschaft!"
„Sie, Herr Lohner passen auf sich selbst auf?"
„Klar, ich gebe mein Bestes."

24

Polizeipräsidium Bremen

Es wimmelte wie in einem Wespennest. Die Schreiberlinge, Fotografen, Pressevertreter, eine Schar von TV-Medien-Leuten.

BREMEN, der neue KRIMINAL-HOT-SPOT.
Chicago? Bremencago!
Unfassbar. Die Beamten hatten Hochkonjunktur. Und die Medien auf den Fersen, natürlich bemüht um die Information und Aufklärung der Bevölkerung.

-Ein flüchtiger Massenmörder

-Bandenkriminalität

-Wirtschaftskriminalität

-Ein Entführungsfall

-Eine Täterin auf der Flucht

-Mehrere Mordversuche

-Eine Erpressung

Was für ein Sommer? Und was kommt auf die Ermittler noch alles zu?

Axel Claus und Jürgen Buhl staunten nicht schlecht, als die Polizei mit einem Durchsuchungsbeschluss vor der Tür stand. Gaben sich unwissend. Peter Graf konnte sie nicht mehr belasten. Der weilte ja nicht mehr unter den Lebenden.
Razzien wurden durchgeführt. Betroffen einschlägige Lokale. Spielsalons. Imbisse. Die ganze Breite für einträchtige Geldwäsche. Immerhin wird es einen Menschen erfreuen: Erwin Junghans. Sicherlich wird er das mitbekommen. Eingeleitete Großfahndungen, Maßnahmen, um die untergetauchte Daniela Baumann und den flüchtigen Erwin Junghans zu fassen.

Bei dem Einsatz gegen die Cyber-Kriminalität hatten es die Ermittler schwieriger. Bei der sogenannten „DDoS", Distributed Denial of Service, erfolgen Angriffe auf die IT-Infrastruktur. Sehr effektiv und mit einem deutlich niedrigeren Risiko für die Täter. Angestrebt wird auch der Diebstahl oder Verlust persönlicher Informationen zu Finanzen, Konten, Anlagen, Identifikationsdaten. Sie führen zu Verlusten und Reputationsschäden. Die Rumänen gehören nicht zu den größten im Cyber-Krieg, haben aber eine sehr intelligente Software. Sehr versteckt. Ein verflochtenes System.

Die Wirtschaft in Deutschland hat die IT-Sicherheit hochgefahren. Fast 180 Milliarden Schaden wurden gemeldet. Die Dunkelziffer liegt deutlich höher.

Zur selben Zeit

„**N**ein!" Kies wirbelte auf. Bremsen quietschten. Daniela Baumann überfuhr den Kolumbianer. „Nichtsnutz! Du hast versagt!"
„Warum hast du ihn getötet? Musste das sein?"
„Dann hast du wohl endlich begriffen. Mach deinen Job. Juan, bringe es zu Ende."

Der Kolumbianer öffnete die Wagentür und stieg aus. Forschen Schrittes entfernte er sich von dem Fahrzeug. Er hatte Respekt vor der Frau, der Tochter des Patriarchen. DIAZ. Ein mächtiger Clan. Füllt seine Taschen u.a. durch Fluchthilfe bei 1000en Migranten. Nie wanderten mehr Menschen von Südamerika nach Norden. Riskieren im lebensgefährlichen Dschungel ihr Leben. Sie haben Taschen dabei. Regenstiefel, Zelte, Isomatten. Wer ein Bändchen hat, wird vom Schiffsterminal vor dem kolumbianischen Städtchen Acandi an eine spezielle Anlegestelle gebracht. Mit einem Wagen, auf offener Ladefläche zusammengepfercht, geht es ein Stück in Richtung Urwald. Dann beginnt der mehrere Tage dauernde unbarmherzige Fußmarsch durch den Urwald. Tausende täglich. Die meisten aus Venezuela. In einem Jahr fast 500.000 Menschen, die Zahl wird im nächsten Jahr noch steigen.

Die kolumbianischen Behörden kontrollieren nur sporadisch. Der „Wegezoll", den der Clan kassiert, liegt über 100 Dollar pro Person. Ein gutes Geschäft.

Daniela Baumann, geborene Diaz, weiß, wie die Politiker und die Sicherheitskräfte für das Geschäft „gefällig" gemacht wurden. Es war ihr Job. Sie nutzte dabei auch die Waffen einer Frau. Ihre verführerische Weiblichkeit. Zum Sex mit ihr schaffte es keiner. Aber dem Drogenhandel, der Verwicklung in illegalen Bergbau, dem Schmuggel von Tonnen Kokain nach Zentralamerika und den USA, bahnte sie den Weg.

Durch ihre Verhaftung war das Deutschland-Geschäft eingebrochen. Sie hat vor, es wieder zu beleben. Aber Wissen kann auch zur Gefahr werden. Timo Baumann weiß zu viel. Schiffe seiner Reederei, damals noch die seines Vaters, wurden genutzt. Er kennt die Verbindungen.

Der Entschluss von Daniela Baumann steht fest: Timo Baumann muss sterben. Aber vorher möchte sie ihn noch einmal sehen.

Einige Tage später

Zentralkrankenhaus Bremen-Ost

Juan Esteban Garcia versuchte, das schlechte Gefühl abzuschütteln. Stundenlang hatte er gegrübelt. Dann war es so weit. In der Bekleidung eines Arztes ging er auf den zur Bewachung abgestellten Polizisten zu.

„Hier ist alles in Ordnung!"
Er öffnete langsam die Tür und betrat das Zimmer. Es war sehr geräumig, hatte ein Vorzimmer. Timo Baumann war nicht zu sehen. Der Kolumbianer hörte ein prasselndes Geräusch aus dem WC- und Duschbereich. Er näherte sich dem Bereich und sah, wie der Duschstrahl auf den Rücken von Timo Baumann prasselte.

Was er auch sah, war ein abgestellter
Transportwagen für Wäsche. Darübergelegt war ein
Kittel der Servicekraft.
„Sie können das Bett abziehen."

Es waren die vorerst letzten Worte von Timo
Baumann. Der Kolumbianer betäubte ihn, legte ihn
in den Transportwagen, tauschte den Kittel und
verließ mit einem freundlichen Kopfnicken das
Zimmer. Rollte den Transportwagen am Polizisten
vorbei auf dem Flur zum Fahrstuhl.

„Nein, verrückt. Es war so einfach!"
Juan Esteban Garcia packte mit voller Kraft und
wilder Entschlossenheit die wehrlose Gestalt und
legte sie in sein Fahrzeug. Mit heftig pochenden
Herzen fuhr er davon. Der starke Verkehr strömte
an ihm vorbei.
Er war sich bewusst, dass der Kampf seines Lebens
bevorstand.
Sein Plan soll Früchte tragen. Die Rache für den
Tod seines Freundes und langjährigen Gehilfen
sollte enthalten sein.
Daniela Baumann soll dafür büßen und zur
Rechenschaft gezogen werden. Oder es könnte ihn
ins Verderben stürzen.

Etwas später

Außerhalb von Bremen

Florian Weise hat sich gerade einen Kaffee aus
dem Automaten zubereitet, als ihn ein Telefonanruf
erreicht. Der Anrufer wollte seinen Namen nicht
nennen. Blieb anonym.
Als der Begriff „Timo Baumann-Aktion
Krankenhaus-Ost" fiel, wurde er hellhörig.

„Ich habe Timo Baumann in meiner Gewalt. Der
Auftrag ihn zu töten, kam von Daniela Baumann.
Der DIAZ-Clan. Sie hat meinen Freund erschossen.
Vor meinen Augen. Ich stelle mich. Will aber
Schutz. Wenn das garantiert ist, rufen sie mich
zurück. Dies ist ein spezielles Handy. Nur für sie!"

Bevor der LKA-Beamte Florian Weise antworten
konnte, legte der Anrufer auf.
„Reicht es für eine Ortung?"
„Nein, leider zu kurz."

Schlimme Vorahnungen krampften seinen Magen
zusammen. Er suchte nach „der Idee".
Verabredete sich mit dem Oberstaatsanwalt.
„Tun sie das."
Die Antwort kam überraschend. In dem Augenblick
war Florian Weise stolz auf seine Idee, seine
Eingebung. Timo Baumann ist im Krankenhaus
getötet worden. Das über die Presse und im TV.
Daniela Baumann wird es erfahren. Sich ganz
bestimmt mit ihrem Komplizen treffen wollen und
ihn als Mitwisser ausschalten.
Florian Weise war sich in der Annahme ganz sicher.

So waren und sind die Praktiken in der
Bandenkriminalität. Der Zweck heiligt die Mittel.

Am nächsten Tag

Sie trug einen langen schwarzen Mantel und die
dazu passenden kniehohen Stiefel.
Als Juan Estebar Garcia die Frau eintreten sah,
war es, als traf ihn ein Donner.
Welch ein Anblick. Obwohl Daniela Baumann kein
Wort gesprochen hatte, wusste er, warum sie
gekommen war. Seine Kehle wirkte wie
zugeschnürt. Er sah in die funkelnden Augen in
dem makellosen Gesicht. Sie zog die dunklen
Augenbrauen fragend hoch. Formte ihre breiten
Lippen.

Juan ging mit ausgestreckter Hand auf Daniela
Baumann zu.
„Ich wollte dich schon immer einmal näher
kennenlernen, Juan."
Der Körper des Kolumbianers spannte sich an. Mit
einem gezwungenen Lächeln antwortete er.
„Das freut mich."
„Ich denke, du hast der Familie sehr geholfen. Das
war nicht leicht. Gute Arbeit!"

„Zugriff!"

Daniela Baumann schaute noch einige Sekunden in das Gesicht von Juan. Schaute ihm eindringlich in die Augen. „Das ist wirklich schade und nicht günstig für dich!"

Juan Estebar Garcia und Daniela Baumann wurden festgenommen. Sie leisteten keinen Widerstand.

Einer der Polizisten der Eingreiftruppe befreite Timo Baumann. Er saß mit Klebeband an den Händen gefesselt auf einem Stuhl. Der Mund war verklebt, sein Kopf mit einem Sack verdeckt.

Etwas später

Polizeipräsidium Bremen

„**H**erzlichen Glückwunsch!"

Die Sektkorken knallten. Und das mehrfach. Ein Gitarrenspieler spielte ein Solo. Florian Weise war klug genug, wusste, wem er den Erfolg zu verdanken hatte. Er spricht den Oberstaatsanwalt an. „Das muss klappen. Ich stehe zu meinem Wort. Ich hoffe, sie auch."
„Das ist alles sehr schwierig. Der Kolumbianer ist erstmal in Schutzhaft. In Polizeigewahrsam. Das

Prozedere bis zum Zeugenschutzprogramm ist lang.
Ich setze mich dafür ein, dass es gelingt. Juan
Estebar Garcia hat schon einiges auf dem
Kerbholz."
„Der ist nirgendwo mehr sicher."
„Hoffen wir das Beste für ihn."

Natürlich wissen die Beamten von den
Möglichkeiten und Machenschaften der Clan-
Kriminalität. Die reicht bis in die Gefängnismauern
hinein.

25

Der Regen hatte aufgehört, an die kleinen
Fensterscheiben zu prasseln. Es war jetzt fast
windstill. Die ersten Sonnenstrahlen des neuen
Tages scheinen in das Zimmer, das jetzt
vollkommen die KTU in Beschlag genommen hatte.
Der eintreffende Kommissar der Drogenfahndung
schaute sich in der nur wenige Möbel enthaltenen
Wohnung um. Der Laptop, die Papiere, kein Geld
waren zu finden. „Ein Suizid?"

„Eher nicht." Der Rechtsmediziner Ben Irmler schilderte seine ersten Erkenntnisse. „Der Mann war schon tot, bevor er in die Badewanne gelegt wurde." Ben Irmler zeigt auf die Platzwunde am Hinterkopf. „Er wurde niedergeschlagen und dann bewusstlos in die Wanne gelegt. Er ist sehr schnell ertrunken. Makaber, post mortem wurde ihm die Zunge herausgeschnitten!"

Der Fingerabdruck des Toten lief durch die Erkennungssoftware. „Ein Treffer, aber merkwürdig. Kein Zugriff. Es gibt einen Sperrvermerk. Mal was ganz anderes. Erleichtert die Sache nicht!"
„Warum wurde der Mann ermordet? Was für Feinde hatte er?"
„Das ist ihr Job. Von mir mehr nach der Obduktion." Der Profiler Thomas Berger wurde eingeschaltet. „Bei solchen Fällen, so einem Tathergang, ist das Motiv, die Wahrheit, meistens in der Vergangenheit zu finden. Kann Jahre zurückliegen. Mit dem Herausschneiden der Zunge werden Verräter bestraft."

Ein unheimlich großer Komplex von Verbrechen. Bisher unbescholtene Menschen. Die meisten jedenfalls. Ein anerkannter Arzt, eine Reederfamilie, Großunternehmertum auf Abwegen in Drogenkriminalität. Mordversuche, Morde. Und immer noch ein flüchtiger Serientäter. Ein kranker Psychopath. Und was mich am meisten beschäftigt, ist die Frage, ob und warum die Taten in einem Zusammenhang stehen. Unfassbar. Der wohl größte Fall in der Bremer Kriminalgeschichte. Und er ist noch nicht zu Ende.

Die akribische Polizeiarbeit bei den Ermittlungen zu dem akuten Todesfall zahlte sich aus. Im Internet wurde ein Foto gefunden. Aus früheren Jahren. Der Ermordete war als Investivjournalist tätig. Der investigative Journalismus arbeitet mit Quellen, die nicht öffentlich zugänglich sind oder der Geheimhaltung unterliegen. Investigative Berichterstattung deckt oft Geheimnisse auf und umfasst häufig die Arbeit mit öffentlichen Dokumenten und jeder Menge Daten.

Rolf Steinbach war also „Enthüllungsjournalist". Missstände, Skandale und Affären aufzudecken, ebenso aber auch Fake News zu überprüfen und zu entlarven, dafür war er bekannt und gefürchtet. Hatte Kontakte zu Insidern, Informanten und zu Whistleblowern. Für die Auswertungen der frei verfügbaren hunderttausenden Datensätzen im Netz, z.B. mit denen sich die Bewegungsdaten von Schiffen auf der ganzen Welt auswerten und sich verfolgen lassen, braucht es unter anderem besondere technische Fähigkeiten. Datenrecherche und -analyse, genannt OSINT, Open Source Investigation. „Wo war er dran? Er brauchte einen Programmierer. Den müssen wir ausfindig machen! Es gehören immer mindestens zwei dazu. Ganz sicher, Rolf Steinbach muss sich mit dem Programmierer getroffen haben."

Die Polizei konnte den Programmierer vernehmen.
Seine Aussagen brachten ein ganz neues Bild.
„Timo Baumann wird seit Monaten mit einem
Kaufangebot für die Reederei BAUMANN + WILKE
konfrontiert. Hat stets abgelehnt. Die Reederei ist
in der 3. Generation. Der offenbarte Hammer: Der
Kaufinteressent ist ein international agierender
Großkonzern. Ziel ist die Expansion in Europa. Es
geht weit über die Schifffahrt hinaus. Es geht um
Neuordnung der Kapazitäten. Übernahme von
Routen und Liegeplätzen. Es geht um die Plätze bei
den Terminals und das nicht nur in Hamburg."
Rolf Steinbach hatte mit den Behörden
zusammengearbeitet. Sein Wissen durchgesteckt.
Hatte die Behörde einen Maulwurf? Liegt darin das
Motiv?
„Kennen sie jemanden, der ohne einen Feind lebt?"
Der Programmierer hatte seine Arbeit gemacht.
Rolf Steinbach hatte die Routen der Schiffe,
vorwiegend aus Südamerika, aber in der ganzen
Welt analysiert. Er wurde den ganz Mächtigen zu
gefährlich. Sein Wissen bezahlte er mit dem Leben.

26

„**W**ir müssen davon ausgehen, dass der Mann bewaffnet ist."

„Und sicherlich schon weiß, dass er verdächtigt wird?"

„Möglich. Denke nicht, dass er uns freudestrahlend erwartet."

Das Ergebnis der Einsatzberatung war, auf das große Besteck zu verzichten. Die Kollegen in Niedersachsen wurden verständigt. HK Tomke Schmidt und Florian Weise vom LKA fuhren aus verschiedenen Richtungen kommend nach Worpswede. Es gab einen Hinweis. Ein Zeuge hatte Erwin Junghans gesehen. An einer Tankstelle. Er hatte sich die Haare kurz geschnitten, gefärbt, eine Brille aufgesetzt. Es gab trotzdem keine Zweifel.

Gerade als zwei Polizeiwagen vorfuhren, verließ Erwin Junghans die Tankstelle. Bestieg ein Motorrad. Es begann eine wilde Verfolgungsjagd. Die niedersächsischen Polizeikräfte nahmen die Verfolgung auf. Ein Hubschrauber kreiste hoch am Himmel und gab den verfolgenden Einsatzwagen die Daten. Eine Straßensperre wurde organisiert. Florian Weise war vor Tomke Schmidt an der Tankstelle in Worpswede. Der Mann entkam. Einen Wagen hatte er noch gerammt, der Zweite kam seinen Kollegen zu Hilfe."

„Und nun. Das ist doch Scheiße!"

Florian Weise konnte Tomke Schmidt nur beipflichten. „Dilettanten!"

Zur selben Zeit

Träumte ich oder war es Wirklichkeit? Ich konnte die Erdhöhle verlassen, in der ich gefangen war. Die Vorräte hatte ich aufgebraucht. „Weiter, immer weiter, Stefanie. Stefanie Wolter, du schaffst, was du willst!"

Meine Selbstgespräche treiben mich an. Ich muss mich in der unbekannten Gegend zurechtfinden. Gibt es naheliegende Dörfer, eine Kleinstadt? Die Zeit hat für mich keine Bedeutung mehr. Ich beobachte die Tiere im Wald. Sehe, wie die Vögel am Himmel ihre Kunststücke zeigen. Sie fühlen sich frei. Ich mich auch!

Die scheinbar pausenlose Hitze hatte den Boden ausgetrocknet. Die Wege knochenhart gemacht. An einem mit Schilf umgebenden Teich verharre ich. Stille. Im Wald um den kleinen Teich war es absolut ruhig. Die Stille wurde nur unterbrochen durch den Ruf eines fern fliegenden, größeren Vogels und dem Quaken einiger Frösche. „Ein Bad gefällig, die Dame?" Ich folgte meinem Gedanken, entledigte mich meiner Kleidung und stieg in das lauwarme Nass. Plötzlich bekamen Geräusche meine Aufmerksamkeit. Das Rascheln von Blättern, ein scharfes Knacken von Zweigen. Ich sah, wie ein

Mann Gebüsch und Äste bewegte. Vorsichtig
schwamm ich zu einem über dem Wasser
hängenden starken Baumast, zog mich daran hoch.
Splitternackt sah ich, wie der Mann sich meinen
Sachen näherte.

Das gibt es doch nicht. Es war mein Freund, es war
Sven. Wie kam Sven Lohner in diese Gegend?
Ich erfuhr es sehr schnell. Es erreichte ihn ein
anonymer Anruf. Der Anrufer benannte das
Waldgebiet, gab die Koordinaten durch. Auch ein
Polizeiwagen raste zu dem Gebiet. Ihm folgte ein
Wagen der Ambulanz.

Am nächsten Tag

„**N**ach allem, was sie mir alles erzählt haben und
dem Stand unserer Ermittlungen, glaube ich nicht,
dass es eine zufällige Entführung war. Unser
Verdächtiger ist ein alter Bekannter."

Ich konnte dem Hauptkommissar mit Gewissheit
antworten. „Er hat mich bewusst ausgewählt. Ich
sollte an seiner Geschichte teilhaben. Die seines
Lebens. Ein furchtbares Leben."
„Immerhin mit einem guten Ende."
„Ja, zumindest für mich."

Ich war mir ganz im Klaren. Hotte, Erwin
Junghans, hatte nie vor, mich zu töten. Es ist
verrückt. Mir fällt sofort der Vergleich mit Martin
Hellweg ein. Dass der auf Bewährung mit
Begleitschutz frei gekommen ist, wundert mich
nicht. Ich denke, Erwin Junghans wird gefasst
werden. Ein Fall für die Forensische? Ob ich Martin
Hellweg noch einmal begegnen werde?

Ich verließ das Polizeigebäude und fuhr mit der
Straßenbahn nach Hause. In meiner Wohnung
angekommen, polterten meine Gedanken. Hatte ich
mich erwischt? Kommen wieder die Sympathien für
Hotte in mir hoch? Ja, wehe dem, der Böses tut. Es
kommt auf ihn zurück.

Ich betrachtete die toten Insekten auf dem
Fensterbrett. Das Telefon klingelte und ich nahm
hastig den Hörer ab. Auf der anderen Seite fluchte
jemand verhalten. Mein Freund, Sven Lohner. Er
konnte es nicht fassen, dass Erwin Junghans
entkommen konnte. Als ich ihm sagte, dass die
Welt manchmal besser ist, wenn manche Menschen
nicht mehr auf ihr leben, wurde er lauter. Es war
wie ein Schlag in mein Gesicht. Es kam zum Streit.

Ich musste mich erst einmal beruhigen. Tauchte
ein in die 7 Säulen der inneren Balance.
Gelassenheit, Loslassen, Selbstakzeptanz,
Selbstreflexion, Optimismus, Denkmuster, Glaube.

Der rauchige Duft aus der geöffneten Whiskey-
Flasche kitzelte mir in der Nase. JAMESON. Wenn

schon, denn schon. Der Irische. Ich lechzte nach
einem weiteren Getränk. Ich ging zum Fenster.
Sortierte die Insekten auf ein Stück Papier.
„Ihr habt es geschafft!"
Meine Nasenflügel bebten. War es das wert? Ein
Streit mit Sven? Ja, es war ein Inferno, so viele
Menschen sind gestorben. „Scheiße!"
Ich rief es mehrmals lautstark aus mir heraus.
Ging an den Spiegel und schaute hinein. Schmiss
das Glas in mein abgebildetes Gesicht.
Wenig später kam ich wieder zu mir. Hatte das Glas
Schuld? „Stefanie, was ist los mit dir?"
„Ich mag ein Schwein. Und? Okay, ich bin
Polizistin. Auch nur ein Mensch, oder?"

Ich schaute auf das Stück Papier mit den toten
Insekten. Wurde immer nachdenklicher. Konnte ich
einen Kontakt zu Hotte aufbauen? So wie damals
zu Martin?

Da mein Glas kaputt war, setzte ich die Flasche
JAMESON an meinen Hals an. Versuchte zu
lächeln. „Hallo, Frau Polizeipsychologin."
Ich führte Selbstgespräche. „Stets zu Diensten,
dort, wo ich gebraucht werde!"

Meine Schultern strafften sich. Ich fühlte mich
unheimlich stark. „Halte dich von mir fern, Sven
Lohner!"

Am nächsten Morgen spürte ich meinen Kopf. Sah
die fast leer getrunkene Whiskey-Flasche? Hatte ich
noch Besuch bekommen? Nein, so viel konnte ich

nicht getrunken haben. Oder etwa doch? Dem
stechenden Schmerz in meinem Kopf nach, wohl
eher doch. Ich trank jede Menge Mineralwasser,
nahm zwei Schmerztabletten und legte mich wieder
ins Bett.

Als ich am Nachmittag erwachte, lag Sven neben
mir.
„Dachte, du brauchst mich, Schatz!"
Seine Worte klangen lieb, so sanft gesprochen.
Dann kam es, wie es nach so langer Zeit der
Trennung kommen musste. Wir liebten uns.
Okay, Verzeihung. Mehrfach!
Wir fühlten uns, wie am Strand von Waikiki.
Die Hitze meines Körpers löschte er mit kaltem Sekt
und seiner liebevollen Zunge.

27

„Guten Morgen. Für dich!"

Eine Papiertüte mit Croissants flog auf den Schreibtisch. Heike Best schreckte auf. Tomke Schmidt bewegte sich in Richtung Kaffeeautomat. Kam in das Büro etwas später mit zwei heißen Bechern.

„Du warst die ganze Nacht im Büro?"
„Das Täterverhalten von Erin Junghans ließ mich nicht los. Ich bin noch einmal alles durchgegangen. Täter zieht es oftmals an den Ursprungsort ihrer Taten zurück."
„Du meinst damit den Wald."
„Ja, leider gibt es sehr viele davon um Bremen herum."
„Chef, mir kam eine Erkenntnis. Erwin liebte seine Mutter von ganzem Herzen. Er könnte den Ort aufsuchen, wo seine Mutter starb."
„Denke, den Ort hast du schon recherchiert."
„Richtig, Chef."

Heike Best hatte sich komplett in die Akte hinein gearbeitet. Im Vergleich zum flachen Bremer Stadtgebiet und der nahen Umgebung aus Marsch und Moor erreicht die Bremer Schweiz Höhen bis fast 50 Meter. Die hügelige Waldlandschaft im Norden Bremens grenzt an den Landkreis Osterholz und die Gemeinde Ritterhude sowie den Ort Schwanewede.
„In der Nähe der Ansiedlung Rutenhof, auf dem Weg Im Schlachtenmoor, liegt ein großer, dicht und sehr hochgewachsener Wald. Die Leiche seiner Mutter wurde von dem Hund eines Jägers

aufgespürt. Die Ermittlungen in dem Tötungsdelikt leiteten damals Sönke Gerhardt und vom LKA Dieter Grams. Als Todesursache wurde eine Rauschgiftüberdosis festgestellt. Der Tod trat durch Atemstillstand ein. Bei Ingrid Junghans wurde ein Heroinbesteck gefunden. Sie trug ein weißes Kleid. Saß angelehnt an einem Baum. Ihr Haar war in einen Dornenkranz gebunden. Umfangreiche Zeugenbefragungen im Umfeld von Ingrid brachten den Ermittlern keine Erkenntnisse, die auf ein Tötungsdelikt hinwiesen. Der Fall wurde damals als Suizid zu den Akten gelegt."

„Wir können den Kollegen keinen Vorwurf machen. Der Fall gab damals nicht mehr her. Es waren Profis am Werk."
Tomke Schmidt versuchte sachlich zu bleiben.
Heike Best hatte andere Vorstellungen.
„Und wenn es damals ganz anders war? Vielleicht sollte etwas vertuscht werden. Heute wissen wir mehr über Peter Graf und seine Machenschaften und Verbindungen."
„Heike, das war 1992. Eine ganz andere Zeit."
„Eben!"
„Aber es gibt sie nun einmal, die Verjährung. Wir sollten die Kollegen in Ruhe lassen."
„Okay, die sind in Pension. Aber bei der Staatsanwaltschaft?"
„Heike, anderes Thema. Du willst in die Bremer Schweiz. Zum Fundort von Ingrid?"
„Ja, aber vorher will ich noch mit Ben Irmler

sprechen. Er war damals noch als ein ganz junger Assistent in dem Institut für Rechtsmedizin tätig."

Tomke Schmidt kannte seine Assistentin gut. Mit dem Kopf durch die Wand. Ihr Merkmal. Er konnte und wollte sie nicht aufhalten.

Etwas später

Gepackt von einer großen Neugier betrat Kriminaloberkommissarin Heike Best das Haus 40 in der St. Jürgen-Str.
Das Institut ist 1994 aus der Abteilung Rechtsmedizin des Hauptgesundheitsamtes hervorgegangen. Es beschäftigt aktuell acht Ärzte und vier Verwaltungskräfte. Verwaltungsmäßig ist es an das Klinikum Bremen-Mitte angebunden.
Ben Irmler reagierte anfangs etwas ungehalten. Wunderte sich über Nachforschungen in einem so alten Fall. Einem der ganz frühen während seiner Zeit. „Zumindest war der Fundort nicht der Tatort. Mehr kann ich ihnen dazu nicht sagen."
„Das ist doch schon einmal sehr interessant. Das ist in den Akten nicht vermerkt."
„Ich hatte deswegen damals schon Zweifel an einem Suizid. Aber......."
„Aber was?"
„Es gibt sie nun einmal, den Vorgesetzten. Er trägt die Verantwortung."

„Und?"

„In Pension, der Gute. Hat der Mann sich verdient."
Dann ergänzte Ben Irmler.

„Er hat so viel aufgeklärt. Den Fehler sollte man
ihm verzeihen."

„Man? Hallo. Die Frage ist doch eine ganz andere.
Er könnte auf Anweisung entschieden haben."

„Wenn, von ganz oben. Aus der Politik. Und dann
die Treppchen jeweils runter."

„Ich weiß, damals hatten viele Dreck am Stecken."
Heike Best hatte den erlauchten Klub in der
Schwachhauser Heerstr. Im Kopf.

„Scheiße, das ist doch alles eine große Scheiße."

Dann kam Ben Irmler auf die Gegenwart zu
sprechen.

„Der hohe Stellenwert der Qualitätssicherung der
Arbeit findet seinen Ausdruck in der Tatsache, dass
unsere Einrichtung das erste rechtsmedizinische
Institut im deutschsprachigen Raum war, das 2002
vollständig zertifiziert wurde. Überregionale Akzente
setzte das Institut durch seine Aktivitäten bei der
Reform des Leichenschauwesens. Weite Teile des
bremischen Leichenrechts, das bundesweit als
vorbildlich gilt und in einem erheblichen Teil auch
in die Gesetzgebung der anderen Bundesländer
eingeflossen ist, wurden im IRM erarbeitet.
Zweimal entsandte es einen Vertreter in die von der
Justizministerkonferenz initiierte Projektgruppe zur
Überarbeitung des Leichenschausystems in
Deutschland."

Heike Best hatte genug Werbung gehört.
„Alles gut. Danke!"
Sie hatte das Wesentliche erfahren. Nun suchte sie
den Fundort der Leiche auf. Fuhr in die Bremer
Schweiz. Die Bremer Schweiz ist eines der
landschaftlich vielfältigsten und schönen Gebiete in
der Nähe von Bremen. Viele Kaufleute haben hier
ihren Sommersitz. Es gibt schlossähnliche
Gebäude. Gebaut an den Ufern der Lesum und der
Weser und auch im Hinterland.
In der Nähe der Ansiedlung Rutenhof, auf dem Weg
„Im Schlachtenmoor", liegt ein großer, dicht und
sehr hochgewachsener Wald. Voller Ehrfurcht
näherte sich Heike Best dem Fundort von Ingrids
Leiche.

„Er war dort. Ja, er war dort!" Ein Kreuz mit einem
angehefteten Foto von Ingrid gab keinen Zweifel.
Ein weiterer Hinweis war eine vertrocknete rote
Rose. Sie steckte in einer eigens dafür in den Boden
gesteckte Vase. Heike Best telefonierte mit ihrem
Chef. Machte die Mitteilung. „Ich kam zu spät.
Erwin Junghans war da. Ich wusste es! Es waren
bestimmt vor wenigen Tagen."

„Und, was sagt Ben Irmler?"
„Tja, Chef, das stinkt zum Himmel. Der Fundort
war nicht der Tatort. Er musste sich damals
zurückhalten. Sein Chef hatte das Protokoll
verfasst, welches in die Akte einfloss."
„Starker Tobak, Heike. Nun ist es aber gut.
Kommen Sie nach Bremen. Wir haben zu tun."

Zur selben Zeit

Eine Sonnenbrille verbarg das Gesicht von Erwin Junghans. Mit zitternden Fingern riss er eine Zigarettenschachtel auf. Nahm eine Zigarette heraus, brach den Filter ab und zündete sie an. Seine Lunge brannte nach den ersten Zügen. Er dachte an Stefanie. An die Polizeipsychologin. Aus der Zeitung hatte er erfahren, dass sie lebt. Dann kamen Gedanken an Silke Beier.

„In was habe ich dich mit hineinreingerissen. Silke, verzeih mir! Bitte."

Seine Schulter begann zu schmerzen.

„Die Bullen, die Reporter, Scheiße. Hotte, halte durch!"

Seine Gedanken wanderten. Die Schmerzen wurden stärker. Er entdeckte den Bluterguss an seinem Bein. Er war gestürzt, fiel über 20 Meter einen Abhang hinunter. Blieb an einem Baumstumpf liegen. Die Polizei hatte sich an seine Fersen geheftet. Die Flucht war anstrengend. Wird sicherlich noch schwerer werden. Er hob den Blick zum Himmel.

„Ingrid, meine Gedanken, meine Liebe, mein Herz ist ganz nah bei dir."

Er bekam neuen Mut zur Flucht. Es gelang ihm per Anhalter nach Hamburg zu kommen.

Ein Monat später

28

Teufelsmoor

Der leuchtende herabfallende Schein des Vollmondes über dem großen Moor macht einen gespenstischen Eindruck. Das Günnemoor ist ein Hochmoor im Landkreis Osterholz im nördlichen Niedersachsen, unweit von Bremen.
Lange Zeit wurde dort der Torfabbau betrieben. Vor einiger Zeit jedoch eingestellt. Das Moorgebiet ist im Herbst und Frühjahr Rastgebiet großer Kranichzüge.

Ein Wanderweg führt entlang des westlichen Randes eines ehemaligen Torfabbaugebietes. Er ist zum Schutz der Vögel nur von April bis September begehbar.

Vor dem Weggehen schaute Martin Hellweg noch einmal zurück. Betrachtete das Moor im Mondschein. Es gab keine Erinnerungen an die früheren Taten im Moorgebiet.

Er freute sich auf die Rückfahrt nach Bremen und dann auf die Weiterfahrt in die Gemeinde Stuhr. Seine Gedanken waren beim Bauernhaus in Moordeich. Seinem früheren Elternhaus.
Dem damaligen Treffen mit Stefanie Wolter.

Etwas später

Moordeich

Ich schloss meine Augen. Wünschte mir völlig benommen das Eintreten meiner festen Vorstellung. Ja, ich spürte es in mir.

Ich war mir vollkommen bewusst, dass ich in dieser Nacht Martin Hellweg in Moordeich treffen würde.

Ende

Epilog

„**G**ott würfelt nicht".

Das war ein Grundsatz, der für Einstein
unerschütterlich feststand. An dem er nicht rütteln
wollte.
In einem Brief schrieb er: „Es ist hart, Gott in die
Karten zu schauen, aber dass er würfelt, kann ich
zu keinem Zeitpunkt glauben."
Ein Zitat soll Einstein zugeschrieben werden.
„Das Wort Gott ist für mich nichts als Ausdruck
und Produkt menschlicher Schwächen."

Hätte Stefanie Wolter mit ihrem Entführer Erwin
Junghans um ihr Schicksal gewürfelt?
Beruhte ihre Freilassung auf einem Zufall? War es
ein Zufall und glaubte Einstein an den Zufall?
Aber was ist ein Zufall? Worin liegt der Unterschied
zum Gesetz von Ursache und Wirkung?

Was bedeutet dieses Wissen für uns Menschen?
Jeder Gedanke hat also eine Ursache. Der Gedanke
ist ein Antrieb für das, was folgt.
Erwin Junghans Gedankenspiel ergab seine
Entscheidung, Stefanie Wolter am Leben zu lassen.
Er suchte ihre Beteiligung als Polizeipsychologin in
seinem perversen Spiel. Die Wirkung.

Oft geht es im Leben um die kleinen Dinge.
Zusammengenommen ergeben sie etwas Großes.

Einstein werden heutige Erkenntnisse sicherlich im Grabe umdrehen lassen.

Seine These, dass Gott nicht würfelt, dass es in der Physik also keinen Zufall gibt, war bis zu seinem Tode 1955 Ausdruck seines Nichtbehagens an den Thesen der aufkommenden Quantenphysik.

Ursache und Wirkung oder Zufall?
Von Zufall spricht man, wenn für ein Ereignis oder das Zusammentreffen mehrerer Ereignisse keine kausale Erklärung gefunden werden kann.

Stefanie Wolter dürfte es egal gewesen sein. Sie und Sven Lohner haben inzwischen geheiratet.

David Hellweg verstarb an seiner schweren Krankheit. Sein Sohn Martin bewohnt jetzt den Wohnwagen. Er erbte das Haus in der Reuterstr. in Bremen-Walle als lukratives Vermietungsobjekt. Das gefundene Geld im Wohnwagen spendete er anonym an eine Stiftung, die sich um traumatisierte Kinder kümmert.

Der DIAZ-Clan zog sich aus dem Geschäft in Bremen zurück. Daniela Baumann, sitzt wieder ein. Verbüßt die Haftstrafe wegen bandenmäßigem Drogenhandel. Eine Anstiftung zum Mord konnte ihr nicht nachgewiesen werden.

Juan Estebar Garcia hatte, an einem unbekannten Ort während des Zeugenschutzprogramms, einen Verkehrsunfall. Hintergründe unbekannt.

Timo Baumann hat die Reederei Baumann + Wilke
verkauft. Er lebt in der Schweiz. Jessica Bauer hat
sich von ihm getrennt. Sie lebt mit Julia Schönherr
in Worpswede. Praktisch in dem Anwesen ihres Ex-
Mannes.

Silke Beier zog nach Braunschweig zurück.

Tobias Reuter konnte nichts nachgewiesen werden.
Er betreibt weiterhin mit Natalie Schwarz das
florierende Geschäft unter LOVING ANGEL.

Und Erwin Junghans?
Ein Zielfahnder spürte ihn in Rio auf.
Hotte lernte in Hamburg eine Brasilianerin kennen.
Er gelangte als „blinder Passagier" mit Hilfe der
Frau und ihrem Bruder mit einem Containerschiff
nach Brasilien. Er heiratete die Frau in Rio.
Perfekt: Zwischen Brasilien und Deutschland gibt
es bis heute kein Abkommen bezüglich
Auslieferungen.

Der Einzige, der für sein Glück verantwortlich ist, bist du selbst.

Buchempfehlung

Möchten Sie in den 1. Band eintauchen? Einige der Charaktere wieder entdecken?

MOOR

GEFLÜSTER

Kriminalroman

© 2022 Werner R.C. Heinecke

Herstellung und Verlag:
BoD – Books on Demand, Norderstedt.
ISBN: 9783755794967

Leseprobe

Prolog

Ein friedliches Landleben nahm ein jähes Ende.

Spielende Kinder entdeckten die mit Laub zugedeckte Leiche einer jungen Frau. Die Tote lebte erst kurze Zeit in dem Dorf bei Bremen, in Moordeich. Niemand hatte sie dort wahrgenommen. Kannte sie näher.

Die Rechtsmedizin stellte fest, dass der Frau der Haarzopf abgeschnitten wurde. Die Frau war nackt und nicht mehr zu erkennen. Ihr Körper war durch und durch von Ungeziefer befallen. Die Kinder waren bei dem Anblick schnell davongelaufen. Berichteten den Fund ihren Eltern.

Angst ging auch um in der Dorfgemeinschaft von Tarmstedt und darüber hinaus. Gab es eine Verbindung zu noch ungeklärten Vermisstenfällen in der Gegend um Worpswede, dem angesehenen Künstlerdorf bei Bremen, wo auch einige sehr vermögende Leute ihr Anwesen haben? Menschen, die ländliche Ruhe und schnelle Verbindung in den Einzugsraum von Bremen wollen.

Ist es ein Serienmörder, der auch in der Umgebung des Teufelsmoors bei Worpswede sein Unwesen treibt?

Eine großangelegte Polizeiaktion begann, fieberhaft wurden Spuren ausgewertet. Schnell geriet ein Fremder ins Visier der Ermittler.
Der Mann wurde aus dem Gefängnis entlassen. Er hatte ein Zimmer in einem Haus in Tarmstedt bezogen.

In Tarmstedt begann nun eine Hexenjagd.
Ein Landwirt heizte die Stimmung an, organisierte Menschenversammlungen. Das Phantom des Moor-Mörders geht um.

Ich bin Stefanie Wolter. Polizei-Psychologin.
Was Besonderes hat mein Entführer mit mir vor?
Lesen Sie weiter, erfahren Sie meine Geschichte.

Im Sommer des Jahres 2021

1

Worpswede bei Bremen

"Ihr seid doch alle gleich. Betrügt Eure Männer. Wahre Werte, Anstand, Treue und Familie sind Euch fremd geworden."

Ich saß gefesselt und zusammengesackt auf dem Holzstuhl und hörte den Mann die ersten Worte sprechen. Das unheimlich wirkende Prozedere wurde nur unterbrochen durch das heftige Geräusch des starken Regens.

Martin Hellweg hat sich gekleidet wie ein Pfarrer, mit weißem Hemd und einer schmalen Krawatte. Sein Blick war auf mich gerichtet. Mein stummes Flehen nahm der Mann mit einem Lächeln wahr. Ich wusste nicht, dass der mir fremde Mann bei seinen krankhaften Machtspielen sich auf mich konzentriert hat. Seine glänzende Haut schimmerte im Schein der nur in der Fassung steckenden Glühbirne.

Stefanie Wolter war nur langsam zu Bewusstsein gekommen.

Sie spürte die Fesselung, gegen die sie sich nicht wehren konnte. Schaute sich um. Sie war in einem kargen, nasskalten, dunklen Raum gefangen. Durch ein kleines vergittertes Fenster fiel nur wenig Licht hinein.

Sie sah, wie der Mann eine Schere in die Hand nahm und auf sie zuging. Er schnitt ihr als Erstes den zusammengebundenen roten Haarzopf ab. Band ein Band darum und ging mit dem Haarzopf in ein Nebenzimmer. Der Raum war hell erleuchtet. An der Frontseite stand ein altarähnlicher Tisch, mit brennenden Kerzen dekoriert. Es hing an einem gespannten Seil bereits ein brauner Haarzopf.

„Nun kommt sicherlich meiner dazu", dachte ich.

Genüsslich betrachtet Martin Hellweg die erweiterte Reihe der Haarpracht mit dem roten Zopf. Fasste jeden Zopf einzeln an und machte dabei ein Gebet. Ich blickte aufgeschreckt in das Gesicht des Mannes. Der brachte mich in das vorbereitete Zimmer. In der Mitte des Raumes stand ein Operationstisch.

Gierig riss der Mann meine Bluse auf. Auf die nackte Haut, mittig zwischen den zur Seite fallenden Brüsten, spürte ich ein Kreuz. Es fühlte sich kalt an. Ein metallenes Kreuz. Meine Brust hob und senkte sich.

Mein Entführer hob mich leicht an und zog mir die enge Jeans aus. Seine kalte Hand glitt langsam unter meinen schwarzen, knapp sitzenden Slip.

Ich schaute ängstlich zur Seite.
Oh mein Gott! Eine Wand voller Fotos.
Schwarz-Weiß, auch einige farbige Bilder.
Alle eingerahmt und jeweils einer Frau zugeordnet.
Auffallend immer dabei ein Bild einer Frau angezogen mit einem weißen langen Kleid. Auf dem Kopf einen dornigen Rosenkranz tragend.

„Auch Du wirst nichts spüren. Lass es einfach geschehen."
Martin Hellweg zieht eine Spritze auf.
In seinen Augen erkannte ich einen hasserfüllten Blick.

"Warte, es gibt doch für alles eine Lösung."
Ich musste es versuchen.
„Du willst Gott sein? Aber Du bist nicht Gott. Du bist ein Mensch und Menschen machen Fehler."
Der fremde Mann lacht: „Gott wird alle bestrafen!"

Ich versuchte, den Mann zu provozieren.
„Gelingt es mir, in das Seelenleben des Mannes einzudringen? Hat er überhaupt eines? Er ist der Teufel in Person. Werde ich sein nächstes Opfer?", fragte ich mich.

An meiner Hand spürte ich einen metallenen Armreif. Daran war eine lange Kette gebunden.

Mein Blick ging ängstlich zu den aufgereihten
Kerzen. Es mochten wohl über dreißig Stück sein.
Zu zählen vermochte ich sie nicht.

Wie lange ich geschlafen hatte, wusste ich nicht.
Sicherlich waren es wohl einige Stunden in dem
gespenstisch wirkenden, leeren Raum.

Martin Hellweg öffnete eine alte Holztür und betrat
ehrwürdig den ansonsten kahlen Raum.
Er murmelte ständig vor sich hin.
„GOTT HAT DIESES LAND VERLOREN."
Dabei zündete er langsam die weißen Kerzen an.
Eine nach der anderen.
Erst die Länglichen. Dann die kürzeren. Zuletzt die
runden, dicklichen.
Nach einer Weile hielt Martin inne.
Er kniete vor einem Kreuz, faltete die Hände zu
einem Gebet.
Sprach das VATER UNSER. Mit keinem Blick
würdigte er mich, sein neues Opfer.

Ich verhielt mich ruhig. Meinen Atem unterdrückte
ich mir. Mein Blick war starr auf die steinerne
Kellerdecke gerichtet. „Ja, wer zuerst spricht, der
hat verloren." Ich wollte nicht die ersten Worte
sprechen. Mein Kopf war von Gedanken frei. Das
Gehirn kam mir fast Blutleer vor. Ausgesaugt, wie
von einem Vampir.

„GOTT HAT DIESES LAND VERLOREN."
Die Worte wiederholte der in meiner Vorstellung,

erkrankte Mann und verließ den kargen Raum.

Ich traute mich jetzt den hellen Kerzenschein
anzuschauen. Beobachtete das flackernde Licht.
Ordnete die langsam zurückkehrenden Gedanken.
Erhob mich von der Pritsche und ging zu einem
Holzstuhl.
Die Kette, aus vielen Gliedern bestehend, zog ich
hinter mir her.
Der kranke Mann hatte die Holztür offen stehen
lassen. Ich blicke hindurch und sah, wie der Mann
einen Holztisch knarrend heranzog.
Er trug ihn durch die Tür hindurch und stellte ihn
vor den Holzstuhl.

Wenig später deckte er den Tisch. Ein eher
normales weißes Geschirr. Er legte ein Ess-Besteck
dazu und stellte ein leeres Weinglas mittig auf den
Tisch.

„Haben sie kein zweites Glas?" Ich forderte mutig
das Schicksal heraus. „Trinken sie mit mir?"
Fügte ich mutig hinterher. Martin Hellweg sprach
sehr leise seine Antwort aus. Er erwiderte: „Der
Herr hatte auch eine Braut. Trank gerne Wein. Also
warum nicht. Gerne!"

Ich hatte es geschafft. Der Mann sprach mit mir.
Der krankhafte Psychopath. Der Ritual-Mörder.
Mörder von unschuldigen Opfern. Wehrlose Frauen.
Ich hatte eine Hand frei.
Nahm eines der beiden mit Rotwein gefüllten,

Gläser und schaute den Mann an. Es war makaber.
Trank ich Wein mit einem Massenmörder?

„Wie soll ich die weitere Unterhaltung führen? Ich
muss das Vertrauen des Mannes gewinnen."
Ja, Berufsschicksal. Ich bin nun mal eine Polizistin.
„Ich heiße Stefanie Wolter."
„Ich weiß!"
Die Antwort verblüffte mich vollkommen.
„Stefanie Wolter, 35 Jahre alt. Sie sind Polizistin.
Polizeipsychologin. Ich habe sie ausgesucht."

„Warum?"
„Sie sollen mich kennenlernen und verstehen.
Miterleben, wenn ich die nächste Frau ihnen
vorstelle! Ich muss die ausgebrannten Seelen
erlösen und brauche dabei ihre Hilfe."

Ich hielt meinem Entführer das Rotweinglas
entgegen. „Wollen wir uns duzen?"
Martin Hellweg schenkte aus der halb vollen
Flasche nach. „Stefanie."
„Angenehm, Martin!"
„Und wie weiter?"
„Martin. Ich bin Martin Hellweg."
„Sie sind nett gekleidet, Martin. Passend zu dieser
Situation."

Martin Hellweg stand auf und holte eine der Kerzen
und stellte sie auf den Tisch und begann zu
erzählen. In seinen Ausführungen erwähnte er
immer wieder die Kirche, den Dom St.-Petri in
Bremen. Er war da als Junge im Chor.

Er prahlte mit seinem Wissen.

„Der Dom wurde über den Fundamenten älterer Bauten vom 11. Jahrhundert an im romanischen Stil errichtet, im 13. Jahrhundert im gotischen Stil umgebaut und erweitert. Die Reformation stoppte im Jahr 1502 die begonnene Umgestaltung. Im späten 19. Jahrhundert komplett renoviert, mit Erneuerung des einen von den eingestürzten zwei Kirchentürmen."

Die Kirche musste einen hohen Stellenwert in Martin Hellwegs Leben haben. Das spürte ich sofort. „Ich gehe mehrfach in der Woche dort zum Beten hin. Gott wird mich schützen."
Dann sagte er: „Ich werde ihm helfen, dass er das verlorene Land zurückbekommt."
„Das Licht wird erstrahlen. Das Licht ist Jesus!"
„Was ist damals vorgefallen? Warum sind sie, ich meine, warum bist Du nicht mehr im Chor?"

Martin Hellweg antwortete nicht.
Er stand auf und verließ, ohne ein Wort zu sagen, den Raum. Martins Erklärung kommt wie eine Erleuchtung. Klar. Der Mann suchte als Kind Schutz in der Kirche. Vor der Mutter. Die bekam er offensichtlich nicht. Oh, mein Gott. Ja, klar. Gott hat dieses Land verloren. Die Kirche. Die Menschen. Deshalb trägt der Mann die Pfarrer-Kleidung.
Deshalb diese Inszenierungen. Mir wurde das Ritual des Mannes immer klarer.
Er strafte in Gottes Namen. Vollzog das Urteil.

Was mochte er mit mir vorhaben? Sollte ich seine
Zeugin sein?

Der Blick von Martin entfernte sich von mir. Er
erstarrte. Verstummte. Ergriff nacheinander jeden
der beiden Haarzöpfe. Langsam glitt seine Hand
über das seidene Haar der beiden Zöpfe.
Der Moment wurde für ihn groß.

Ich hörte ihn sagen: „Es gibt doch Sachen, die man
tun muss, damit die Welt gerechter wird."

Martin Hellweg zog einen Vorhang auf, der eine
Wand voller Fotos freilegte. Schwarz-weiße
Aufnahmen, auch Farbfotos. Sämtliche Fotos
zeigten junge Frauen in allen täglichen Situationen.
Auf der Straße, in einem Auto. In einer Sitzgruppe,
an der Theke einer Bar, am Meer, vor einem Klub,
bei der Gartenarbeit, bei einer Ampelanlage, im
Park, an einem See.

Martin Hellweg ist also ein Stalker. Das wurde mir
klar.

„Du darfst Dir eine Frau aussuchen. Ich bringe sie
Dir." Ich glaubte nicht, was ich da hörte. Der Mann
wurde mir immer unheimlicher. Immer perverser
wurden mir seine möglichen Absichten.

„Was hast Du mit der ausgesuchten Frau dann
vor?"
„Ich werde sie erlösen. Befreien von den Lastern.
Schau, was hältst Du von dieser?" Der Mann nahm

das Foto von der Wand und gibt es mir. Dann
nahm er zwei weitere Fotos von der Wand. Sämtlich
junge Frauen mit langen blonden Haaren.

Ich ließ mich auf das Spiel ein. „Welche der Frauen
gefällt Dir am besten?" Ich antwortete leise. „Was
macht Dich am meisten geil? Die Frau nimmst Du
Dir." Der Mann schaute mich plötzlich ernst an.
Er wurde laut. „Du hast nichts begriffen. Frauen
machen mich nicht geil. Geil macht mich, wenn sie
leiden. Hilflos sind."
„Nein, Martin, Liebe ist stärker als der Tod. Diese
Frauen leben weiter im Herzen der Menschen ihres
Umfeldes. Ihrer Mütter und Väter, ihre
Geschwister, Freunde, Männer, Kinder."
Ich provozierte den Mann bewusst.

Martin Hellweg begann zu erzählen. Über seine
Mutter. Er hatte Bilder aus seiner Kindheit klar vor
Augen. „Meine Mutter trieb es mit einem
Postzusteller. Ich sah durch die offenstehende Tür,
wie der Mann sie hob, auf den Küchentisch legte
und die beiden Ihre Triebe befriedigten."

Ich nahm wahr, dass Martin etwas stockte, dann
wurde er deutlicher.
„Ich kam gerade vom Kindergarten. Meine ältere
Schwester hat mich früher als sonst abgeholt.
Meine Mutter hatte mich wohl nicht in unserem
Haus vermutet."

„Ja, meine frühe Jugendzeit war die Hölle. Mein
Vater strafte meine Mutter mit häuslicher Gewalt.

Mein Vater war beruflich als Spezialmonteur
überwiegend auf Montage. So war er auch schon
über eine Woche im Stück fort. Meine Mutter,
einige Jahre jünger als ihr Mann, zeigte sich
einigen der Lieferanten und Dienstleister gerne
frivol."

Martin Hellwegs Gesichtsausdruck wurde ernster.
„Ihre roten Haare trug sie meistens offen. Eng
anliegend Ihr Rock und die Bluse. Von Alkohol und
Drogen, meine Mutter bereits am Vormittag
angetrieben, musste ich oft darunter leiden. Für
mehrere Stunden wurde ich im früheren
Schweinestall unseres Bauernhauses in Moordeich
gesperrt."

Ich hörte genau zu. Immer mehr konnte ich mich in
die Gedankenwelt, seine Hasswelt auf Frauen,
hineinversetzen. Aber rechtfertigte so ein Verhalten
solche bestialischen Verbrechen?
„Klar", dachte ich, „ich lebe auch nur einmal. Nahm
es schon mal nicht so genau mit der Treue zu
meinem Freund. Ich trage die Haare wie seine
Mutter. Rötlich. Oh, mein Gott!"

„Die Beziehung meiner Eltern in Moordeich
eskalierte. Entwickelte sich zu einem
Horrorszenario. Meine Mutter bekam anonyme
Anrufe. Wurde als Ost-Schlampe beschimpft. Mein
Vater wurde in den Anrufen verunglimpft. Er soll
eine andere Frau im Osten haben."

Martin Hellwegs Erzählung wurde heftiger.

„Die Trennung war nur noch eine Frage der Zeit.
Mein Vater begann zu trinken. Meine Mutter blieb
immer häufiger über die Nacht fort. Kam oft erst
nach drei Tagen nach Hause. Mein Vater bekam
das nicht mit. Aber wir Kinder wussten Bescheid."
„Du hattest Geschwister?"
„Ja, Vater hatte eine Tochter aus seiner ersten Ehe.
Meike. Sie war drei Jahre, als ich zur Welt kam."
An dieser Stelle brach Martin Hellweg das Gespräch
abrupt ab. Ich fasste das Gehörte gedanklich
zusammen und konzentrierte mich wieder auf mein
Schicksal.

Martin Hellweg wusste also über mich Bescheid,
hatte mich sicherlich schon einige Zeit gestalkt.
Hatte mein tägliches Verhalten studiert. Den
günstigen Moment abgepasst. Er war als Strom-
Ableser in das Haus meiner Familie in Bremen-
Huchting gekommen.

Anfangs war es eine offene und nette Unterhaltung.
Ich kochte dem freundlichen fremden Mann einen
Kaffee, brachte Zucker, Milch und Kekse und stellte
ein Glas Mineralwasser dazu. Als es zur
Stromablesung kommen sollte, passierte es.
Der Stromzähler befindet sich in der Doppelgarage
des frei stehenden Hauses. Ich muss
durch eine Überdosierung Morphin bewusstlos
geworden sein.

Ich wurde in den Kofferraum seines Wagens gelegt
und war wohl erst Stunden später in einem

der Kellerräume eines sehr heruntergekommenen Hauses aufgewacht.

Martin Hellweg heftete zwei Fotos an die Bilderwand. Ein Foto faltete er und steckte es in seine Hosentasche. Ich sah noch, wie er das Haus verließ und hörte, wie er mit seinem Lieferwagen fortfuhr.

Etwas später

In einem kleinen Abstand von dem Anwesen in Worpswede parkte Martin Hellweg den Lieferwagen. Er hat das Haus vor einiger Zeit mehrere Tage beobachtet. Fotos von der jungen Frau gemacht. Wie sie in aufreizender Kleidung in das Auto eines älteren Mannes einstieg.
Die blonden, langen Haare der jungen Frau haben es ihm angetan.
Ja, das nächste ausgesuchte Opfer soll in seine Sammlung kommen.

Martin wartete eine längere Zeit.
Er sah, wie die junge Frau wieder zurückgebracht wurde. Sich mit einem Kuss von dem Fahrer verabschiedete.
Freundlich grüßte ihn die Frau, nickte ihm lächelnd an und öffnete das Tor zu dem großen Anwesen.

Martin Hellweg hatte den Lieferwagen nicht verlassen. Er startete den Motor und fuhr langsam davon.

Jessica Bauer saß gedankenversunken auf der großzügig angelegten Terrasse. Ihr Handy klingelte.
„Ja, Schatz?"
„Die Tagung verlängert sich. Sorry. Komme wohl erst in drei Tagen."
„Viel Erfolg. Ich liebe Dich."

Der Frau wurde schnell bewusst, dass sie noch mindestens zwei Tage Zeit hatte, um weitere Freier zu empfangen. Freier, die auf Privat-Escorts stehen. Reiche, ältere Herren.

Sie blättert in ihrem Notizbuch. Entschied sich Timo Baumann, Sohn von Rolf Baumann anzurufen, einem sehr reichen Reeder aus Bremen.

Buchempfehlung

Sie lieben Spannung. Kriminalromane und Thriller?

Lesen Sie in Band 1 und Band 2 meines mörderischen DRESDEN.

Band 1

DER TOD SCHREIBT MIT

© 2021 Werner R.C. Heinecke

Herstellung und Verlag:
BoD – Books on Demand, Norderstedt.
ISBN: 9783755733997

Band 2

DIE SPUR DER WAHRHEIT

© 2024 Werner R.C. Heinecke

Herstellung und Verlag:
BoD – Books on Demand, Norderstedt.
ISBN: 9783758303081

Anmerkung

Lieber Leser, es sind diese Momente, die das Herz eines Autors höher schlagen lassen. Wenn er durch Zufall begegnete Personen in seinem Buch ein Leben gibt. So die Begegnung an der Frauenkirche in Dresden. Der Künstler war gerade am Malen. Ich interessierte mich. Wir tauschten uns aus. „Schreiben sie doch mal einen DRESDEN-KRIMI." Warum bin ich eigentlich nicht auf die Idee gekommen? Und dann bekam ich so viele interessante Zuarbeiten. Nun, zwei Jahre später, habe ich den zweiten Dresden-Krimi veröffentlicht.

Als gebürtiger Bremer kam die Idee, auch die beiden Bremen-Krimis zu schreiben.

Ihnen danke ich für den Erwerb des Buches. Sage Danke, dass sie sich Zeit nehmen, dieses Buch zu lesen. Schön, wenn es Ihnen gefällt. Es gibt einen Unterschied: Der Leser liest im Buch und stellt sich das Geschehen bildhaft vor. Der Autor stellt sich das Geschehen bildhaft vor und schreibt die Handlung nieder. Aber es gibt auch eine Gemeinsamkeit: Wir teilen beim Lesen die Gefühle, tauchen in die Situation ein, lassen uns von den Roman-Charakteren einnehmen.

Die Inspiration für alle Bücher habe ich auf der Insel Mallorca bekommen. Das ist eben die Freiheit eines Autors.

Einen Spionage-Thriller zu schreiben oder in kriminelle Abgründe einzutauchen, war eine große Herausforderung.
Tatsächliche Begebenheiten einzubinden, die Handlung mit meinen Darstellern zu verbinden. Vieles habe ich als politisch interessierter Mensch in meinem Leben erfahren, Erinnerungen der Zeitgeschichte wurden beim Schreiben und der Recherche wieder wach.

Die Veröffentlichung der beiden BREMEN-KRIMIS war für mich eine Herzensangelegenheit. Als gebürtiger Bremer, dort aufgewachsen und bis zum 50. Lebensjahr in Bremen und in Moordeich, in der Gemeinde Stuhr gelebt, wurden viele Erinnerungen wach.

Der Autor, im September 2024

Autoren-Porträt

Werner R.C. Heinecke,

schreibt leidenschaftlich gerne Kriminalromane.
Bisher veröffentlichte er zahlreiche Kriminalromane
und noch weitere Bücher als SELF-PUBLISHER.
Sie sind als Printausgaben und E-Book im Handel
erhältlich.

Kontakt:
www.heinecke-autor.de

Danksagung

Danke, sage ich meinen Freunden für
die vielen Inspirationen, um die Geschichte
weiterzuschreiben und der Einwilligung, geführte
Interviews in Situationen das Romangeschehen zu
verarbeiten.

Und ganz großer Dank gilt meiner Partnerin, die
viele Stunden auf mich verzichten musste.
Danke auch den Personen für die Hilfe bei der
Korrektur und dem Lektorat.

Hinweis

Die Geschichte dieses Buch ist eine reine Fantasie
des Autors.
Unterlegt sind auch wahre Begebenheiten, die
Geschichtsträchtig sind. Sie sind mit Fantasie
untermalt worden.
Personen, deren Namen und Geschehnisse sind frei
erfunden. Übereinstimmungen sind rein zufällig.
Die Urheberrechte liegen beim Autor.
Diverse Recherchen habe ich bei WIKIPEDIA
unternommen.
Auf allgemein zugängliche Begriffe, öffentliche
Institutionen, Unternehmen, Marken sowie Ort und
Straßenbezeichnungen wurde nicht verzichtet.
Die Erwähnung dient ausschließlich zur
Untermalung der Handlungen und Chronologie der
Abläufe. Werbezwecke sind ausgeschlossen.

Buchempfehlung

Bei diesem Buch handelt es sich um die überarbeitete Neuauflage der Trilogie STURM IM GLASHAUS! Die Erstausgabe erschien unter ISBN 9783735726247 als gebundenes Buch mit Schutzumschlag am 18.08.2014.
Als Jubiläumsausgabe präsentiert der Autor die Zusammenfassung der später erschienenen Paperback-Ausgaben der Buchreihe IM PENDEL DER MACHT:

BAND 1 - STURM IM GLASHAUS! SECRET WORLD

ISBN 9783741293313

BAND 2 - STURM IM GLASHAUS! BLOOD SCORPION

ISBN 9783746056395

BAND 3 -STURM IM GLASHAUS! REVENGE

ISBN 9783746075273

© 2024 Werner R.C. Heinecke

Herstellung und Verlag:
BoD – Books on Demand, Norderstedt.
ISBN: 9783759751935

UNUS PRO OMNIBUS, OMNES PRO UNO (lat.)
„Einer für alle, alle für einen"

„Freunde, lassen wir uns besinnen auf den 13.10.1307! Das Datum unserer Bewegung."

Die Anwesenden erleben eine minutenlang andauernde Finsternis. Eine Finsternis in den Herzen. Lasst uns allen danken, den Tapferen, den Kämpfern, den Schwertträgern Jesus! Unseres Herrn!"

„Tausende Tempelritter haben für ihre Überzeugung an diesem Tag das Leben lassen müssen. Das Unrecht, der Verrat durch den Papst, durch die Kirche, durch die selbsternannten Mächte wird niemals umsonst gewesen sein!"

NON NOBIS DOMINE NON NOBIS SED NOMINI TUO DA GLORIAM
(Nicht uns, o Herr, nicht uns, sondern Deinem Namen gib die Ehre)

Im April 2002 in Schottland

1

Roslin / Edinburgh
Rosslyn Chapel
23.02.2002, 11.25 h

John Sinclair betritt die Kirche und geht zielgerichtet auf die Lehrlingssäule zu. Die Lehrlingssäule stellt den Baum des Lebens dar. Sein Blick richtet sich auf die Basis der Säule. Aus den Rachen von geflügelten Drachen wachsen Reben, die sich ohne Früchte um die Säule ranken. Der Tod seines Bruders hat ihn tief erschüttert. Die Früchte des Bösen spürt er. Tief in seinem Inneren ergreift ihn eine Klangfolge der Chladnischen Klangfiguren. Eine ungeheure Macht geht von den 12 Säulen aus: In 213 Kästen ist die musikalische Kadenz zu erleben. Am Ende der 12. Säule verharrt er beim Anblick der abgebildeten Musiker. Die Instrumentierung deutet auf Dudelsack, Pfeifen, Trompeten, Blasharmonika, Gitarre und Stimmen hin. Licht fällt in die Kirche durch die Fenster am Ostende des Kirchenschiffs. Dann begibt sich John Sinclair in die Krypta. Er öffnet die versiegelte Tür. Voller Ehrfurcht begegnet er den Gräbern der Ritter. Sinclair-Vorfahren. Sie bewachen den legendären hier versteckten Schatz und das Ordensarchiv der Templer. Er rollt ein altes verstaubtes Pergament auseinander. Ein Koordinatensystem wird deutlich. Es braucht nur wenige Minuten, dann findet er eine Einkerbung am Altaraufsatz unterhalb der Bleiverglasung des Kryptafensters. Ein Stein ist herausnehmbar und in einem Moment größter Anspannung greift er in die kleine Öffnung. Sein Finger stieß auf einen harten Gegenstand. Er ertastet einen Eisenring. Das Ende oder der Anfang einer runden Schatulle. Schnell öffnet John Sinclair das Siegel. Auf einem 45 x 65 cm großen Schriftstück die Beurkundung. Eines der bedeutendsten Geheimnisse der Menschheit:

„DIE FREI GEWÄHLTE EIDGENÖSSISCHE REGIERUNG SICHERT JEDERZEIT DEN SCHUTZ, DIE VERMEHRUNG DES KAPITALS DER GOTTESKRIEGER. DIE VERWAHRUNG DES GELDES UNTERLIEGT KEINER GEBÜHREN, ZÖLLE, STEUERN. KEINEM DRITTEN WIRD AUSKUNFT ÜBER HERKUNFT UND BESITZ DES VERMÖGENS GEGEBEN. IN GROSSER DANKBARKEIT DEN RITTERN DES HEILIGEN GRAL VERBUNDEN AUF EWIGKEIT."

Dieses Buch gehört

....